Gotthold Salomon

Selbst-Biographie

Gotthold Salomon

Selbst-Biographie

ISBN/EAN: 9783743677111

Hergestellt in Europa, USA, Kanada, Australien, Japan

Cover: Foto ©Raphael Reischuk / pixelio.de

Weitere Bücher finden Sie auf **www.hansebooks.com**

Selbst-Biographie

von

Gotthold Salomon
Dr. der Philosophie und Prediger am neuen israelitischen Tempel in Hamburg.

Motto:
Keine Wissenschaft ist schwerer, als
das Leben richtig zu leben!
Montaigne.

Leipzig

Verlag von Otto Wigand.

1863.

Unter dem litterarischen Nachlasse meines theuern, am 17. November v. J. entschlafenen Vaters fand ich nachfolgende skizzenhafte Notizen über sein Leben und Wirken, welche er, als „Selbstbiographie" betitelt, ursprünglich wohl für seine Kinder und Enkel zum Durchlesen bestimmte, es ihnen aber anheimstellte, dieselben der Oeffentlichkeit zu übergeben. — Da diese Selbstbiographie nur skizzenhaft niedergeschrieben und mancher Ergänzung bedurfte, da sie einen klaren Einblick in das frühste Jugend- und Erziehungsleben eines Mannes gewährt, der mit Hilfe des wenigen Materials, welches ihm von Außen geboten, sich selbst weiter fortgebildet und unter den israelitischen Predigern der Neuzeit eine hohe Stufe erreicht hat; so schien es mir nicht ohne Interesse, diese losen Blätter aneinanderzufügen, zu ergänzen und dem größeren Publikum, d. h. seinen Freunden und Verehrern mitzutheilen. — Mögen diese Blätter, als ein „theures Vermächtniß" für seine Kinder und Enkel ursprünglich bestimmt, mit dem reinsten Wohlwollen in weiteren Kreisen aufgenommen und kein strenger kritischer Maßstab an dieselben gelegt werden! —

Hamburg im Dezember 1862.

Dr. M. G. Salomon.

Selbst-Biographie.

Vorwort.

Selbsterkenntniß ist die schwierigste, aber
die heilbringendste Wissenschaft!

Sein eignes Leben beschreiben und die Lebensbeschreibung einem kleinern oder größern Kreise von Lesern mittheilen, heißt eigentlich nichts anders, als sich selbst in einem Spiegel schauen und den Leuten zurufen: „Schaut, so sehe ich aus!" Im ersten Augenblick scheint es, daß der Selbstbiograph eine große Dosis von Eitelkeit besitzen müsse, um sein Portrait, en miniature oder in Lebensgröße, den Leuten zu zeigen. Näher erwogen aber ist es nicht immer so! Das Ding hat, wie alle Dinge, zwei Seiten. Die eine ist bereits angedeutet, und ich will sie allerdings die — S c h a t t e n s e i t e nennen, schon deshalb, weil ich auch der L i c h t s e i t e erwähnen will. Die aber ist keine andere, als das aufrichtige Verlangen des Biographen, dem einen oder dem andern seiner Mitmenschen, vielleicht auch seinen Amtsgenossen, auch nach seinem Tode noch nützen zu wollen. Ich hatte in Dessau einen Collegen, der in seinem Testament den Wunsch auszusprechen sich vorgenommen, daß sein Leichnam secirt werde, um dadurch vielleicht noch irgend einen Nutzen zu schaffen. — Vielleicht kann die Mittheilung über die Art und

Weise, wie der Schreiber dieser Zeilen seine Studien betrieben, wie er als Jugend- und Volkslehrer sein Amt geführt, wie er seine Kinder erzogen, oder auch, wie er in diesem oder jenem Verhältniß gehandelt — vielleicht kann das eine oder das andere belehrend und heilsam wirken.

Aus diesen Gründen habe ich folgende Blätter niedergeschrieben, und mögen sie als ein „**väterliches Vermächtniß**" von den Meinigen angesehen werden. Es hängt von ihrem Gutdünken ab, ob sie diese Blätter veröffentlichen wollen, oder die Handschrift als solche lediglich in meiner Familie verbleiben soll, und Einer und der Andere in Muße- und Weihestunden einmal hineinblicke und des Vaters und Altervaters sich freundlich erinnere. — Wenn die Abgeschiedenen mit den Zurückgebliebenen in irgend einer geistigen Berührung stehen: so würde es meine Seligkeit erhöhen, wenn irgend einer der Meinigen aus den folgenden Blättern Nutzen zöge!

Hamburg am Vorabend meines **siebzigsten** Geburtstages (am 31. October) 1854.

Erstes Kapitel.
1784—1800.

Am 1. November 1784 — nach jüdischer Zeitrechnung und Benennung am 17. des Monats Cheschvan 5544 nach Erschaffung der Welt, — wurde ich in Sandersleben, einem 400 Einwohner zählenden Marktflecken im Anhalt-Dessauischen, von jüdischen Eltern geboren. Mein Vater, Liepmann, Joachim Salomon, war ein um- und einsichtsvoller Mann, der neben talmudischen Kenntnissen Deutsch und Hebräisch mit Fertigkeit zu schreiben wußte und in der Arithmetik ungewöhnliche Fertigkeit besaß, was ihm, das letztere betreffend, bei dem Handelsgeschäft, das er betrieb, sehr zu Statten kam. Meine Mutter, Namens Jitla, war die Tochter des damaligen Rabbiners in Bernburg, Namens Raphael Rothschild, eines talmudisch gelehrten und sehr klugen und welterfahrenen Mannes, dessen Liebling die kluge Tochter gewesen.

Nach der religiösen Anschauungsweise jener Zeit wurde das Kind, besonders der Knabe, von den beiden Eltern angehalten, nach dem Mittags- und Abendessen ein Tischgebet und beim Waschen der Hände und des Angesichts, sowie unmittelbar nach irgend einem leiblichen Genuß irgend eine das Lob Gottes enthaltende Gebets= und Segensformel nachzusprechen. Nach diesem frommen Gebrauch wurde auch ich erzogen. Es wurde dies als der **erste Religionsunterricht** angesehen, der dem zarten Geschöpfe von denen, die es am zärtlichsten lieben, ertheilt wurde, und ich kann es aus Erfahrung bezeugen, daß dies Verfahren, allen Rousseau's zum Trotz, von der heilsamsten Wirkung gewesen. Der im Kinde rege gewordene Gedanke, daß es außer den Eltern und Geschwistern noch Jemand gebe, der nicht nur das Kind sondern auch seine Versorger versorge und schütze, senkte sich schon frühzeitig in des Kindes Seele tief ein, und hat auf alle Fälle weit mehr genützt als geschadet. Das Kind sah sich unter der Obhut und Aufsicht eines höheren Wesens, dem keines seiner Worte, keine seiner Bewegungen und Handlungen verborgen bleibt. Und gar tief senkt sich dieser, noch so unklar vom Kinde gedachte Gedanke in sein Inneres und bleibt nicht ohne heilsamen Einfluß, selbst auf seine kindischen Spiele. — Mit der Entfaltung dieser schon frühzeitigen „**religiösen Disposition**" entfaltet sich auch die Anlage zum **Denken**, und bewährte Pädagogen wollen diese beiden Anlagen stets vereinigt im Kinde gefunden haben.

Ich wurde im kaum zurückgelegten dritten Lebensjahre (1788) in ein sogenanntes „**Lesezimmer**"[1]) geschickt und nach der üblichen, schon längst einmal von mir beschriebenen jüdischen Lesemethode[2]) erlernte ich in kurzer Zeit das hebräische Lesen zu meiner und zur Freude meiner Eltern, die in mir ein gut be-

---

1) Zimmer (Cheder), anders nannte man diese Elementarschule nicht.
2) Vergl. Philippsohn's Biographie. Dessau.

gabtes Kind zu erblicken glaubten. Und die elterliche Freude
wuchs, da ich schon im siebten Jahre im Stande war, unter der
Anleitung des Lehrers mehrere Abschnitte im Pentateuch lesen
und übersetzen zu können; bald cursorisch, bald statarisch, wurde
ich mit der heiligen Schrift stets vertrauter. Grammatische
Regeln wurden nicht gegeben sondern ex usu erlernt. Auf die=
selbe Weise ward ich auch in diesem zarten Alter mit dem Lesen
und Uebersetzen des Rabbinischen bekannt gemacht. Bei den
meisten Ausgaben der hebräischen Bibeln befindet sich nämlich
eine Erklärung von einem der berühmtesten Commentatoren,
Raschi genannt. Von dieser Erklärung wurden mir bald größere
bald kleinere Abschnitte beigebracht, auf welchem Wege schon
frühzeitig der Weg zum Studium der Mischnah und Gamara
gelegt wurde.

Und diese Methode trug denn auch ihre guten Früchte! Im
10. Jahre (1794) wurde mit Mischnah, und zwar nach üb=
licher Weise mit dem ersten Abschnitte des Tractats Berachoth[1])
der Anfang gemacht. Am Sonnabend unmittelbar darauf wurde
im elterlichen Hause meinen Mitschülern ein einfaches Mahl ge=
geben, an welchem, außer den Eltern, der Lehrer und andere
Gelehrte Theil nahmen, um den so gute Fortschritte machenden
Jungen zu feiern. Ich war selig. Die Seligkeit sollte aber
bald noch höher gesteigert werden. Als ich nämlich Sonntag,
unmittelbar nach dem großen Mahle in das Lesezimmer trat
und mein Exemplar der Mischnah auf meinen Platz legte, sagte

---

1) Berachoth besteht aus 9 Abschnitten, die der Schüler durchgenommen
haben muß, ehe er sich an die Gamara wagen kann.

mir der Lehrer mit einer freundlichen, ächten Sabbathmiene: "Das Buch hätteſt Du zu Hauſe laſſen können!" Ich erſchrak, denn ich dachte, das kaum begonnene Studium wäre für mein Alter noch zu ſchwierig. Die Thränen traten mir in die Augen. "Weinſt Du vor Freude oder vor Schmerz?" fragte der Mentor. Antworten konnte ich nicht. Der Lehrer fuhr fort und lächelte: "Ich bin dergeſtalt mit Deinen Fortſchritten zufrieden, ſagte der Lehrer, daß Du von heute an mit den älteren Schülern, die er namhaft machte, in der Gamara, im Talmud unterrichtet werden ſollſt." Wie? fragte ich mit dem wonnigſten Gefühle, wie? Gamara ſoll ich (zu lernen) anfangen? Heute ſchon, ehe ich noch . . . "Ja, ja! unterbrach mich der Lehrer, komm nur her und ſetze Dich auf die größere Bank!" (d. h. auf die Bank der "Primaner!"—) Der zehnjährige Knabe that ſich auf dies unerwartete Avancement nicht wenig zu Gute und es bildete dasſelbe einen Wendepunkt in meinem Leben; denn nunmehr ſtand es feſt in meiner Seele, daß ich mich dem gelehrten Fache widmen, d. h. daß ich ein — Rabbiner werden will. Der Unterricht im Talmud ſagte meinem Verſtande zu, da er mich zum Denken veranlaßte. Mit dem Penſum, auf deſſen Verſtändniß die übrigen weit älteren Mitſchüler oft von Sonntag bis Freitag zugebracht, war ich Dienſtag ſchon vertraut. Der Fleiß und die Faſſungsgabe des Knaben wurde dadurch belohnt, daß ſich derſelbe, wenigſtens zwei Mal wöchentlich, auf ein oder das andere talmudiſche Thema ganz allein, ohne weitere Anleitung vorbereiten mußte, dergeſtalt, daß er die Aufgabe, die öfters einen der Sphäre des Knaben fernliegenden Gegenſtand zum Inhalt hatte, fehlerlos aufſagen und verſtehen mußte. Alle Seelenkräfte mußte hierbei der arme Knabe aufbieten, um jene Aufgabe zu lösen: Verstand, Scharfsinn, Witz, Gedächtniß, Erinnerungskraft, und dennoch wollte es oftmals nicht gelingen den Zusammenhang zu finden und den Sinn zu enträthseln. Ich habe oft bei dieser herkulischen Arbeit die heißesten Thränen vergossen; aber erbarmungslos sah der Mentor die Tropfen rinnen, er blieb stumm und fühllos, der Schüler mußte sich so lange abarbeiten, bis er den Sinn gefunden, mindestens ihm nahegekommen war. Daß diese Operationen gute Verstandesübungen abgaben, darf ich dem Leser versichern; jedes spätere Selbststudium wurde dadurch erleichtert.

Nachdem ich auf diese Weise zwei volle Jahre, bis 1796, das talmudische Studium getrieben und mein zwölftes Jahr erreicht hatte, erklärte mein bisheriger Lehrer meinem Vater, daß seine Schulanstalt nicht mehr hinreiche mich gehörig zu beschäftigen, und es müsse auf eine andere Weise für die Fortbildung und den Unterricht des Knaben gesorgt werden. So angenehm diese Mittheilung den Eltern auch sein mußte, so wurden sie doch in große Verlegenheit gesetzt, denn wie konnten sie in dem kleinen Marktflecken für einen bessern, angemessenern Unterricht sofort sorgen? Ein deus ex machina müßte denn erscheinen! Und er erschien! und zwar in der ehrwürdigen Person des dasigen Rabbiners oder More zedek, Namens **Meister Joachim Heynemann**, gewöhnlich Rabbi Meister genannt, meines Vaters älterer Bruder, also des Biographen Oheim. Auf das Anliegen meiner frommen Eltern nahm er mich zum Schüler an. Ich, spreche den Namen dieses wackern Lehrers noch heute mit der tiefsten Ehrfurcht und der innigsten Liebe aus. Der Mann ent-

sprach seinem Namen vollkommen, denn er war ein „Meister"
in Israel. — Bei seiner Meisterschaft in Mischnah und Talmud
sammt Allem was zu dieser Wissenschaft gehört, war derselbe —
was man damals fast gar nicht und auch jetzt noch sehr selten bei
den der alten Schule entstammten Rabbinen findet — mit der
biblischen Litteratur im weitesten Umfange, theoretisch und
praktisch auf's Genaueste vertraut, und hielt auch seine Jünger
dazu an, die Schrift mit ihren gediegensten Commentatoren
fleißig zu studiren. Er selbst ließ keinen Tag vorübergehen ohne
mehrere Kapitel in derselben, sowie achtzehn Abschnitte in der
Mischnah[1]) cursorisch durchzugehen, wobei das Studium der
Gamara sammt Posskim statarisch betrieben wurde. Ich gestehe,
daß ich nicht blos dem Unterrichte selbst, sondern der Art
und Weise, nach welcher er den Unterricht ertheilt hat, viel zu
verdanken habe. Ohne Niemeyer, Pestalozzi, Schwarz,
Rousseau, oder sonst einen unsrer pädagogischen Virtuosen
gekannt zu haben, verstand der Mann ganz aus sich selbst mei=
sterhaft methodisch zu unterrichten, und bei den Lehrämtern, die
ich späterhin bekleidete, habe ich auf mehrere wissenschaftliche
Gegenstände mit dem besten Erfolg diese Methode angewandt.
Vier Jahre hindurch (bis 1800) habe ich unter der Leitung dieses
wackern und wahrhaft gottesfürchtigen Mannes meine biblisch=
talmudischen Studien getrieben. — Aber auch des „Meisters"
Frömmigkeit hat auf den Jünger influirt. Ich begnügte mich
nicht mehr damit, die fast zahllosen mosaisch=rabbinischen Vor=
schriften pünktlich auszuüben, sondern legte mir noch viele andere

---

1) Die Zahl „Achtzehn" galt als heilige Zahl.

Observanzen auf, die irgend ein schwärmerischer Rabbi als heilsam und beseligend anempfohlen, wodurch der Weg zur jenseitigen Glückseligkeit um so leichter und gewisser angebahnt wird. So z. B. genügten mir die dem streng orthodoxen Israeliten vorgeschriebenen Fasttage keineswegs; die „zehn Bußtage" — von Neujahr bis zum Versöhnungstage — waren für mich stehende Fasttage; die Erinnerungstage an die einstige Zerstörung des ersten und zweiten Tempels waren für mich Fasttage; die unter dem Namen Schobbjm Tt. bekannten Tage waren ebenfalls der Enthaltung von sinnlichen Genüssen gewidmet u. dergl. mehr. Die Mitternachtsstunde in den sogenannten „drei Wochen", nämlich vom siebzehnten Thamus bis zum neunten Ahb, waren religiösen Betrachtungen gewidmet, von Klageliedern und Thränen begleitet. — Ich füge indeß noch hinzu, daß dieses ascetische Wesen nicht nur keinen Nachtheil für Leib und Seele nach sich zog, sondern umgekehrt auf meinen innern Menschen sehr heilsam gewirkt hat. Weit entfernt, auf meine pharisäische Frömmigkeit stolz zu sein, war ich anspruchslos und demüthig und nie und nimmer mit meinen Leistungen zufrieden; ich dünkte mich keineswegs höher zu stehen und mehr zu leisten als die übrigen Knaben meines Alters, ich nahm Theil an ihren Spielen und lustigen Streichen, sobald nur meine Studien nicht darunter litten, denn diese gingen mir über Alles.

Zweites Kapitel.
1800 — 1810.

Dem fast sechzehnjährigen Schüler wollte trotz seiner Kindlichkeit im Denken und Handeln der kleine Marktflecken nicht mehr zusagen, weil „der Hunger und Durst nach dem Worte Gottes", sowie das Verlangen, durch nützliche Kenntnisse den Geist immer mehr auszubilden, gar zu unbefriedigt blieb.

Ich muß hier, von meinem Herzen getrieben, eines Mannes gedenken, der mich zu innigem Danke verpflichtet hat. Es ist dies der damalige Kaplan Bobbe in Sandersleben, der die dortige Volksschule geleitet hat, die ich täglich 3—4 Stunden besuchte, um die üblichen Elementarkenntnisse mir anzueignen. Da der freundliche, ächt fromme Mann meinen Eifer und Fleiß bemerkte, gab er mir unentgeltlich Privatunterricht in solchen Gegenständen, die in den damaligen Volksschulen keineswegs dozirt wurden und munterte meinen Vater auf, mich auf alle Fälle nach einer größeren Stadt zu schicken, wo für meine wissenschaftliche Bildung weit mehr geschehen könne als in dem kleinen Sandersleben.

Um jene Zeit ward der oben genannte Rabbiner Meister von einem Schwestersohne, dem in der literarischen Welt rühmlichst bekannten Gelehrten, Herrn Joseph Wolf aus Dessau öfters besucht. Meine Eltern stellten mich dem freundlichen Manne, meinem Vetter, vor. Nachdem sich derselbe einige Zeit mit mir unterhalten und ich gegen ihn den Wunsch geäußert hatte, daß ich „gerne weiter studiren möchte", rieth er meinem

Vater, mich nach Dessau zu schicken; dort sei ein Gymnasium für jüdische Studenten, die sich zu Rabbinen ausbilden wollen; er selbst aber wolle mich in andern Wissenschaften unterweisen. Von diesem Gedanken beseelt bat ich meine Eltern dringend, mich nach Dessau zu schicken. Nach einiger Ueberlegung mit Bekannten und Freunden erhielt ich ihre Einwilligung und mit einem der drei mit Gosefässern[1]) schwer beladenen, ungeheuer großen Wagen trat ich die Reise von Sandersleben nach Dessau an, einen Weg von kaum sechs Meilen, der damals in 36 Stunden zurückgelegt wurde. Das Fuhrlohn war auf 4 ggr. festgesetzt und zum Reise- und Taschengeld erhielt ich — das Doppelte, 8 gr., sage „acht Groschen". Ich darf aber meine lieben Leser versichern, daß ich von diesen „acht Groschen" heutigen Tages noch zehre und bis an mein Ende zu zehren gedenke mit Hilfe dessen, „der da helfen kann durch Vieles und Weniges!" — Da werden in unsern Tagen unsere Söhne ganz anders ausgestattet, wenn wir sie zum ersten Male von uns schicken! Und vollends die Studien unsrer Söhne! Die müssen mit gar gewaltigen Summen, mit Hunderten und Tausenden erkauft werden! — — Die Reise von Sandersleben nach Dessau ging glücklich von Statten, und außer den dort wohnenden Verwandten, die mich gastfreundlich aufnahmen und bewirtheten, fanden sich nach und nach Menschenfreunde, die mir Mittags- und Abendtisch anboten, falls ich in Dessau bleiben und — lernen, d. h. talmudische Studien im dortigen Gymnasium treiben wollte. Es versteht sich von

---

1) Gose ist ein Weißbier, welches damals in Sandersleben gebraut wurde.

selbst, daß ich mich durch derartige Anerbietungen sehr glücklich fühlte. — Da die „Sprüche der Väter" mich belehrten, daß „ohne Brot kein Studium", so lag mir daran, vor allem für den leiblichen Unterhalt zu sorgen, ehe ich mich dem Rabbi und Lehrer des Gymnasiums vorstellte. — Nachdem für das „tägliche Brot" im buchstäblichen Sinne des Wortes gesorgt war, wurde ich durch den damaligen Vorsteher des Gymnasiums, eigentlich des „Lehrhauses", einen talmudisch gelehrten Biedermann, Herrn oder richtiger Rabbi Meyer Japha dem an dem Gymnasium angestellten Lehrer, einem Polen aus Schwerfens, Namens Rabbi Sabel, vorgestellt. Dieser, ein stattlicher Mann mit klugen Augen und vielem Ausdruck im Gesicht, fragte mich in Gegenwart des Vorstandes nach Namen, Geburtsort und — dem Grad der bereits erlangten talmudischen Kenntnisse. Und da er mit meinen Antworten zufrieden zu sein schien, so ward es mir gestattet, das Gymnasium zu besuchen, d. h. in einem der Gymnasialzimmer den Tag über zu verweilen, die daselbst auf=
gestellte talmudische Büchersammlung zu benutzen und — was freilich die Hauptsache war — den talmudischen Vorträgen, die der genannte Rabbi Sabel tagtäglich, mit Ausnahme der Sab=
bath= und Festtage, dort hielt, beiwohnen zu dürfen und über schwierige Stellen Belehrung und Erläuterung zu erhalten. —
Um jene Zeit hielten sich mehrere junge Männer aus Halberstadt, Posen und andern Städten in Dessau auf, die, gleich dem Schreiber dieser Blätter, dieselben talmudischen Studien trieben, wackere junge Leute, mit denen ich zwei Jahre verlebt, die den wissen=
schaftlichen Studien gewidmet waren. Zu den wackern Fami=
lien, in deren Kreise ich eine sehr liebreiche Behandlung gefun=

den, gehört vorzüglich die Familie Berend Callmann, deren gastlicher Tisch mir, besonders am Sabbath und an Festtagen, zu Gebote stand und wovon ich während eines vollen Jahres Gebrauch machte. Nach Verlauf desselben — im Jahre 1801 — vertrauten die Eltern mir ihre beiden Söhne zur Erziehung und zum Unterrichte an. Daß man „lehrend lernt", bewährte sich auch an mir, wobei ich zugleich die Ueberzeugung gewann, daß es mir an Lehrtalent nicht fehle, und was ein Recensent von dem Pestalozzi'schen Buche: „Lienhard und Gertrud" sagt, daß nämlich Lienhard ihre Kinder weit mehr lehrt, als sie selbst weiß, das fand auf den Schreiber dieses vollkommene Anwendung. — Ein Jahr später, 1802, als in Dessau die israelitische Freischule (spätere Franzschule) gestiftet ward, erhielt ich an derselben als Lehrer der hebräischen und deutschen Sprache eine Anstellung. Kurze Zeit nachher wurde mir auch der Religions-Unterricht in mehreren Klassen übertragen, den ich mit vieler Liebe und — ich darf es wohl sagen — mit gutem Erfolg, und zwar nach einem von mir selbst entworfenen Manuscript, zu besorgen bemüht war [1]).

Außer der Unterweisung in der heiligen Schrift und den Commentatoren noch einen besondern systematischen Religionsunterricht zu ertheilen, gehörte um jene Zeit, also vor etwa 50 Jahren zu den pädagogischen Seltenheiten. Und in der That, da um jene Zeit die Schüler die meisten Stunden des Tages auf das Erlernen der Bibel verwendeten, so war die Schrift das beste Religionsbuch, das alle andern entbehrlich

---

1) Die Schulnachrichten ꝛc. von Dr. David Fränkel im Jahre 1804.

machte. Man ging an die — Quelle selbst. — Ja das jüdische Leben selbst, in welchem fast jede Tageszeit durch irgend eine religiöse Ceremonie bezeichnet war, mußte zum eindringlichsten Religionsunterricht werden, dergestalt, daß die Praxis die Theorie entbehrlich zu machen vermochte¹). Das hatte sich aber seit 3—4 Dezennien anders gestaltet. Ob diese Umgestaltung den Juden heilsam war oder schädlich, wollen wir hier nicht untersuchen; genug, es war nöthig geworden, der Jugend einen systematischen Religionsunterricht zu ertheilen. Der Schulanstalt in Dessau gebührt die Ehre, auch in diesem Punkte **reformirend** vorangegangen zu sein und den Religionsunterricht in ein System gebracht zu haben. Nach und nach erschienen Religionsbücher, bald in der einen, bald in der andern wissenschaftlichen Form, und ein wohlgeordneter Religionsunterricht gehörte bald mit zu den Lehrgegenständen in jeder guten und zeitgemäßen Schul- und Erziehungsanstalt in Israel²). Ueberhaupt wurde die Franzschule in Dessau als Muster aufgestellt, nach welchem mehrere Unterrichtsanstalten im deutschen Israel in's Leben gerufen wurden. Ja selbst christliche, längst bewährte Schulmänner, welche die Franzschule in Dessau auf ihren pädagogischen Reisen

---

1) Einer meiner Schüler, der bei einem schlichten, sehr orthodoxen Manne im Hause war, saß eines Abends noch sehr spät bei der Lampe und schrieb. Weshalb gehst Du nicht zu Bette? fragte der Mann. Ich notire mir, sprach der Schüler, was ich heute von der Religion, d. h. in der Religionsstunde gehört habe. Was? Wie? sagte der Mann bestürzt: Religion! Mein Gott! ein Jude soll Religion haben! soll also theoretisch erst erfahren müssen, was Religion ist; meint der Patriarch.

2) Von den hierher gehörigen Religionsbüchern nenne ich hier die von Peter Beer, H. Homburg, Alex. Beer, S. Pleßner, Ed. Kley.

mit ihrem Besuch beehrten, haben derselben bei ihren öffentlich abgestatteten Berichten über das Schulwesen in unserm Vaterlande¹), vor vielen christlichen Schulen den Vorzug eingeräumt. Das Lehrerpersonal, größtentheils aus rüstigen und strebsamen Jünglingen und Männern bestehend, suchte sich mit den um jene Zeit Epoche machenden Lehr- und Erziehungsmethoden von **Pestalozzi, Olivier** und **Tillich** (die beiden letztgenannten lebten und wirkten in Dessau) vertraut zu machen und wandten sie mit günstigem Erfolge an. Die Anstalt gewann daher einen immer größeren Ruf, und aus weiter Ferne, besonders aus den größeren jüdischen Gemeinden des preußischen und russischen Polen wurden uns Schüler und Zöglinge anvertraut.

Mir selbst ward das pädagogische Fach immer lieber und anziehender, und ich befand mich in meinem Berufsleben, trotz der sehr geringen Einkünfte, munter und heitern Muthes. Zu dieser Stimmung trug aber vor Allem die Genügsamkeit bei, an die ich im elterlichen Hause gewöhnt wurde, eine ächt israelitische Tugend, wofür ich meinen längst in höhern Welten lebenden Eltern nicht genug danken kann. Hierzu gesellte sich eine wahrhaft kindliche Religiosität, zwei Gaben aus dem elterlichen Hause, die mich in die Fremde begleiteten und mir zu allen Zeiten als treue Schutzengel lieb und theuer geblieben und mich bis auf den heutigen Tag gegen jede sittliche Verirrung bewahrt haben.

Aber auch der **geselli ge Umgang**, dessen ich mich zu erfreuen hatte, wirkte segensvoll auf den Jüngling. Außer dem Umgang mit mehrern meiner Vorgesetzten und Collegen, unter

---

1) S. **Gutsmuths**, pädagogische Bibliothek, u. a. Journale.

denen ich den Herrn Dr. David Fränkel, Moses Philippsohn, J. A. Richter, J. Wolf hier namhaft machen will, durfte ich Männer, wie den dortigen Pfarrer de Marées, so wie die in der litterarischen Welt wohlbekannten Pädagogen Olivier, du Toit, Tillich, Spieker zu meinen Gönnern und Freunden zählen, deren Umgang und Unterhaltung heilsam und belehrend auf meinen Geist und mein Gemüth gewirkt, und ich empfand die Wahrheit jenes talmudischen Ausspruches, daß man von seinen Freunden noch weit mehr Gutes und Nützliches lernen kann als von seinen — Lehrern.

Ich mochte eben mein zwanzigstes Jahr zurückgelegt haben, als ich einen Arzt aus Halle kennen lernte, der einiges Interesse an mir und meiner Unterhaltung zu nehmen schien. Er erkundigte sich genau nach meiner Lage und ob ich bei dem Lehrfach wohl zu bleiben gedenke, und machte mir den Vorschlag, Medizin zu studiren, da der Lehrstand bei den (damaligen) Israeliten doch nicht gehörige Würdigung fände. Der treffliche Mann — Namens Dr. Meier — versprach mir, falls ich in Halle studiren wollte, seinen Rath und Beistand. Ich dachte dem Vorschlage reiflich nach und da mir der nervus rerum, das Geld fehlte, so wandte ich mich in einer Bittschrift an den damaligen Landesfürsten, um Stipendien anhaltend. Doch, da mein Anliegen unberücksichtigt blieb, indem, wie es in der Antwort hieß, für diesen Zweck keine Hülfsgelder vorhanden, so blieb es bei der Pädagogik. Ja, ich begann nunmehr mit weit größerem Eifer und Fleiß die Lehr- und Erziehungskunst zu studiren, legte aber auch die altclassischen Studien nicht bei Seite, und mein etwa 5—6 Fuß langes Studirzimmer war und blieb meine Hochschule und Akademie und ich muß es mir gefallen lassen — ohne mich sehr darüber zu grämen — zu den Autodidakten gezählt zu werden.

Nachdem der frühere Gedanke, Medizin zu studiren, aufgegeben war, widmete ich mich mit desto größerm Eifer dem bereits gewählten Berufe. Ich studirte die Schriften unsrer pädagogischen Koryphäen, Niemeyers „Grundsätze der Erziehung und des Unterrichts" kannte ich fast auswendig; Rousseau's „Emil" war mein Lieblingsbuch; Jean Paul's „Levana", die unser leider viel zu früh dahingeschiedener Tillich Rousseau's Gedanken mit Jean Paul's Röckchen nannte; diese Schriften kamen nicht von meinem Arbeitstische und so suchte ich mich auf diesem Wege in dem Lehr- und Erziehungsfache möglichst zu vervollkommnen, um auf eine höhere Lehrerstelle Anspruch machen zu können, die ich denn auch nach einigen Jahren an der obengenannten Schulanstalt erhalten habe.

Der Trieb, meine Gedanken und Ansichten über Unterricht und Erziehung, über Religion und besonders über Judenthum einem größern Kreise mündlich oder schriftlich mitzutheilen, fing an, sich immer mehr und stärker in mir zu regen. Ich benutzte daher die in der Anstalt, in welcher ich lehrte, alljährliche öffentliche Schulprüfung, um über einen oder den andern passenden Gegenstand Vorträge zu halten. Und da diese Prüfungen in der Regel auch von christlichen Gelehrten vom Fache sehr besucht waren, so suchte ich die zu haltenden Reden mit vielem Fleiße auszuarbeiten.

Am 30. Mai 1806 hielt ich in der obengenannten Schulanstalt die erste öffentliche Rede, und nicht ohne Beifall von Seiten der Kenner [1]).

Noch in demselben Jahre machte ich in der bereits erwähnten Zeitschrift Sulamith den ersten schriftstellerischen Versuch, und zwar unter dem Titel: „Briefe an ein achtungswürdiges Frauenzimmer jüdischer Religion". Und da der Versuch nicht ohne Beifall aufgenommen wurde, so fühlte ich mich ermuthigt, den begonnenen Gegenstand biblischen Inhalts in der Briefform fortzusetzen. Auch über andere Themata suchte ich in dieser berühmt gewordenen Zeitschrift meine Gedanken und Ansichten mitzutheilen [2]). In demselben Jahre erschien in Dessau unter dem hebräischen Titel: „Die zwölf kleinen Propheten" mit hebräisch geschriebenem Commentar und deutscher Uebersetzung. — Die Bücher Haggai und Sacharia sind vom Schreiber dieser Blätter übersetzt und commentirt. Die „zwölf kleinen Propheten" galten bei den Kennern der heiligen Schrift von jeher als einer der schwierigsten Theile der Bibel; daher Uebersetzung und Commentar eine sehr willkommene Aufnahme gefunden. Kurze Zeit nach der Herausgabe wurde Commentar und Uebersetzung

---

1) „Die Rede, die uns Herr Salomon vorlas" — berichtete Herr Prof. J. J. du Toit (ehemaliger Mitarbeiter am Philanthropin in Dessau) im 1. Heft der Zeitschrift Sulamith S. 64 „über die Entfaltung des innern verborgenen Lebens durch die Sprache", „verdient gedruckt zu werden und wird allen wahren Kennern Achtung und Liebe einflößen für den jungen Mann" u. s. w. u. s. w.

2) Sulamith, Erster Band: S. 213. 374. Zweiter Band: S. 72. 86. 169. 338. — Zweiter Jahrg. 1. Bd. S. 217. 2. Bd. S. 199. 376. Dritter Jahrgang 1. Bd. S. 48. 183. 2. Bd. S. 117. 194. 236. Vierter Jahrgang 1. Bd. S. 28. 223. 2. Bd. S. 8. 361. 373. Sechster Jahrgang 1. Bd. S. 320.

in Prag nachgedruckt. — Das Bestreben meinerseits, neben dem Beruf als Schullehrer auch noch anderweitig, und zwar durch Schriften meinen Glaubensgenossen zu nützen, wurde immer mehr und mehr in mir rege. Im Jahre 1809 erschien von mir eine Schrift unter dem Titel: „Die acht Abschnitte, oder Abhandlungen von Maimonides". Es enthalten diese acht Abschnitte eine psychologische Abhandlung, aus dem rabbinischen in's deutsche übersetzt und mit theologisch-philosophischen Anmerkungen versehen¹).—En mangeant vient l'appetit, sagt der Franzose. Es geht mit der geistigen Kost ebenso. Die Lust zu schriftstellern wurde in mir immer größer und ward nur von einer noch andern, ihr nahe verwandten, übertroffen, nämlich von der, öffentlich als geistlicher Redner oder Prediger auftreten zu können. Es fand sich auch hierzu bald Gelegenheit. Wie in allen israelitischen Gemeinden bestand auch in Dessau ein Verein, der für eine anständige Aussteuer armer Bräute Sorge trägt. Die Mitglieder dieses Vereins fanden sich alle Sabbath- und Festtage in einem bestimmten Lokal ein, um einen moralisch-religiösen Vortrag zu hören. Da dieses Amt mir übertragen wurde, so hatte ich Veranlassung und Gelegenheit, von Zeit zu Zeit, meiner Neigung entsprechend, eine Rede oder Predigt in optima forma

---

1) Meinem obengenannten Wohlthäter, Herrn B. Callmann, wurde diese Schrift als ein schwacher Beweis der Dankbarkeit gewidmet. Ich möchte, da von einer Maimonidischen Schrift die Rede ist, die Gelehrten aufmerksam machen, daß es kein kleines Verdienst wäre, wenn sie mehrere Schriften des Maimonides zum Nutzen und Frommen der Jugend und des Volkes durch eine gute deutsche Uebersetzung nebst Erläuterungen genießbar machen möchten.

halten zu können, von welchen Vorträgen unter dem Titel: Auswahl mehrerer Predigten zunächst für Israeliten, Dessau 1818, das erste Heft erschienen ist ¹).

Drittes Kapitel.
1810 — 1817.

Im Jahre 1810, in meinem 26. Lebensjahre, trat ich in den Stand der heiligen Ehe mit einer wackern und frommen Jungfrau aus einer sehr angesehenen Familie Dessau's, Rosette Cohn, die mir jetzt noch treu und liebevoll zur Seite steht, alle jene häuslichen Tugenden besitzend und übend, ohne welche die feinere Weltbildung nicht befriedigen und die sittliche Erziehung der Kinder mit Nichten gedeihen kann. Sie schenkte mir drei Söhne und zwei Töchter; von den Töchtern nahm mir der Herr eine wieder, meine mir unvergeßlich bleibende Rosalie, da sie noch kaum fünf Jahr alt war. Der Tod dieses erstgeborenen, liebenswürdigen Mägdleins (sie starb nach 12stündiger Krankheit an der Halsbräune) ergriff mich dergestalt, daß ich während eines vollen Jahres nicht wieder froh werden konnte, und noch jetzt, während ich diese Zeilen schreibe, füllen sich meine Augen

---

1) Die zweite Predigt in diesem Hefte hielt ich in Berlin als Gastpredigt im ehemaligen Beer'schen Tempel, von dem sel. Herrn Israel Jacobson dazu aufgefordert.

mit Thränen. Ach! es war ein gar liebliches Wesen, diese meine Rosalie! —

Im Jahre 1812 gingen die Erleuchtetern in der israelitischen Gemeinde in Berlin mit dem Plane um, ihren Kultus zeitgemäß zu verbessern. Es erschien „**über die Umbildung des Gottesdienstes**" um jene Zeit eine kleine, aber gediegene Schrift von dem im Andenken der Bessern und Edlern fortlebenden Stadtrath David Friedländer, die der mir befreundet gewesene Verfasser durch einen Herrn Hjort, einen Schweden, der später an der israelitischen Franzschule in Dessau als Lehrer angestellt und leider zu früh vom Tode abgerufen wurde, zugeschickt, und zwar mit dem Ersuchen, über dieses Schriftchen und über den Gegenstand, den dasselbe behandelt, öffentlich meine Meinung zu sagen. Ich that es in meiner Schrift: „Licht und Wahrheit, die Umbildung des israelitischen Kultus betreffend", in zwei Briefen, gewechselt zwischen zwei Freunden der Wahrheit. Leipzig 1813. — Der Brief S. an H. ist vom Schreiber dieser Blätter, und ist diese Broschüre nicht ohne heilsame Wirkung geblieben. Der damalige Landesrabbiner in Dessau, Michael Speyer, hat diese kleine Schrift so gottlos gefunden, daß er bei dem Vorstand der dortigen Gemeinde darauf antragen wollte, daß dieses Büchlein vor dem Eingang zur Synagoge — verbrannt werden müßte. — Um dieselbe Zeit erlitten die Schule an der ich angestellt war und der Schreiber dieser Blätter einen empfindlichen Verlust durch den frühen Tod des Herrn Moses Philippsohn, meines treuen Collegen, dessen verdienstvolles Leben und Wirken ich, um dem eignen Herzen zu genügen, unter dem Titel: „Lebensgeschichte des Herrn

Moses Philippsohn, Lehrers an der Haupt- und Freischule zu Dessau" (1814) beschrieben und publizirt habe.

Im Herbst 1815, als ich einige Wochen in Berlin war, wurde ich von dem uns Allen unvergeßlich bleibenden Israel Jacobson aufgefordert, in dem dortigen Beer'schen Tempel am Schlußfeste zu predigen. Die Predigt, welche sich in einer meiner frühern Predigtsammlungen befindet, blieb nicht ohne religiöse Wirkung, wie ich später von mehrern der damals anwesend gewesenen Familien erfahren habe. Unmittelbar nach dem Gottesdienste erhielt ich von einem der geachtetsten Männer, Herrn Jacob Hertz Beer (dem Vater des berühmten Componisten Meyerbeer) ein sehr verbindliches Schreiben nebst einem ansehnlichen Geschenke[1]).

Der Religionsunterricht, den ich sowohl in der Dessauer, von dem verdienstvollen Schuldirector, Herrn David Fränkel in's Leben gerufenen Töchterschule, wie auch in Privathäusern zu ertheilen hatte, veranlaßte mich, unter dem Titel: „Selima's Stunden der Weihe", eine moralisch-religiöse Schrift für die Gebildeten unter dem weiblichen Geschlechte, Leipzig 1814, ein Erbauungsbuch zu bearbeiten und durch den Druck zu veröffentlichen, ein Erbauungsbuch, welches, zumal es das erste seiner Art unter meinen Glaubensgenossen gewesen, Heil und Segen in israelitischen Familien gestiftet hat.

Ein Jahr später gab ich in Verbindung mit meinem längst

---

1) Dieser Brief befindet sich noch in dem Nachlasse des Verstorbenen.

heimgegangenen, rühmlichst bekannten Freunde und Collegen Herrn J. Wolf eine Schrift heraus unter dem Titel: „Charakter des Judenthums nebst Beleuchtung der unlängst gegen die Juden vom Professor Rühs und Fries erschienenen Schriften". Leipzig 1817 (in 2 Auflagen). Es war nämlich unter den christlichen Gelehrten und Schriftstellern jener Zeit wiederum Mode geworden — vermuthlich wegen Mangel an anderm Stoff — gegen die Juden zu schreiben, und über deren Lage und Verhältnisse, über deren Sittlichkeit und Religiosität so zu urtheilen, wie etwa der Blinde über die Farbe. Dies thaten nun auch, um jene Zeit der Geschichtslehrer Rühs in Berlin und der Philosoph Fries in Jena; der erstere in einer in Berlin erschienenen Schrift: „Die Rechte des Christenthums und des deutschen Volkes", letzterer in einer, später besonders abgedruckten Recension dieser Schrift, die der christliche Philosoph dem Machwerk des christlichen Historikers gewidmet hatte, betitelt: „Ueber die Gefährdung des Wohlstandes und Charakters der Deutschen durch die Juden". Die oben genannte Gegenschrift: „Charakter des Judenthums" u. s. w., die sich mehrerer Auflagen zu erfreuen hatte, hat die beabsichtigte Wirkung nicht verfehlt und den christlichen Geschichtslehrer wie den christlichen Weltweisen zum Schweigen gebracht.

Ich darf diese Schrift noch jetzt — nach drei Jahrzehnten und darüber — allen den Gelehrten empfehlen, die gewillt sein sollten, noch heutigen Tages die Juden gegen litterarische Angriffe in Schutz zu nehmen. Denn es ist und bleibt immer der alte Unsinn, der von den Gegnern immer wieder auf's

Neue zur Sprache kommt, und der nur mit den guten alten Waffen zu entkräftigen ist. Berthold Auerbach sagt in Beziehung auf die genannte Oppositionsschrift ein beherzigungswerthes Wort: "Das Tiefschmerzliche und der gewaltige Riß, der in der Stellung der Juden sich findet, liegt besonders darin, daß jene Thatsache fast typisch geworden ist: die Juden müssen mit der einen Hand am neuen Tempel bauen und mit der andern das Schwert gegen ihre Feinde führen. Innere Läuterung und organische Entwicklung des Judenthums und der Judenheit, sie werden stets zurückgedrängt und verkümmert durch neue Schranken, die man ihnen entgegensetzte, durch giftige Geschosse, mit denen man die Strebenden verfolgte. Die wahrhafte Erhebung zum Zeitbewußtsein wird erst dann vollkommen erreicht werden, wenn die äußeren Schranken gelöst und aus Staatsgesetzen und den Gesinnungen Einzelner die Vorurtheile verschwunden sind; im Judenthum werden sich die Gegensätze freier entwickeln und ihrer Vermittlung unter höherm Gesichtspunkte entgegengehen können, zumal da die Kräfte sich nicht in äußerlicher Polemik zersplittern. Eine ohnmächtige politische Deutschthümelei und ein kahler theologischer Rationalismus, der sich die Thrannei der Orthodoxie zueignen wollte, diese vereint hatten damals ihre Waffen gegen das Judenthum gekehrt, als Salomon in Verbindung mit seinem Freunde J. Wolf in Dessau gegen dieselben in die Schranken trat mit der Schrift: "Charakter des Judenthums", einer Schrift, die nicht blos gegen die Angriffe vertheidigt, sondern auch die positiven Grundlagen des besondern Standpunktes im Judenthum klar und systematisch darlegt. Durch die quellenmäßigen Belege in diesem Werke ist es seitdem zum

Stützpunkte geworden, auf welchen man bei der Widerlegung der mannigfachsten Insinuationen rebuziren konnte" [1]).

Viertes Kapitel.

1818 — 1843.

Oefter und lebhafter als früher beschäftigte mich jetzt der Gedanke, daß es wohl an der Zeit wäre, neben dem pädagogischen Fache auch dem **homiletischen** Zeit und Nachdenken zu widmen, da man jetzt schon in vielen größern Gemeinden Deutschlands damit umging, den Kultus zu verbessern und in den Synagogen von Zeit zu Zeit deutsche Kanzelvorträge oder Predigten zu halten. Meine gelehrten Freunde, insonders mehrere christliche Geistliche, unter denen ich den Pfarrer J. F. de Marées und Chr. W. Spieker nenne, versahen mich mit zweckdienlichen Schriften in diesem Fache. Ich widmete nunmehr einen Theil meiner Mußestunden der Homiletik und Rhetorik mit Eifer und Liebe. Bei der Theorie blieb es nicht; ich fand bald Gelegenheit, wenn auch nicht in der Synagoge, doch bei Privatgottesdiensten öfters zu predigen und gar nicht ohne Erfolg. Schon zu Anfang des Jahres 1818 erschien von mir ein Heft „Predigten, zunächst für Israeliten", das sich einer guten Aufnahme zu erfreuen hatte. Natürlich war dies ein Sporn für mich, die

---

1) Vergl. Gallerie der ausgezeichnetsten Israeliten aller Jahrhunderte u. s. w. Fünfte Lieferung. S. 40. 41. Stuttgart 1831.

geistliche Beredtsamkeit immer fleißiger zu studiren, und jede sich darbietende Gelegenheit zu ergreifen um öffentliche Vorträge halten zu können. Auch im Auslande nahm man jetzt Notiz von den hier gehaltenen Predigten und deren Verfasser. So kam es denn, daß im Jahre 1818 der Schreiber dieser Blätter einen Ruf als Prediger bei dem „neuen israelitischen Tempel-Verein in Hamburg" erhielt, und nach einem kurzen Briefwechsel mit einigen Mitgliedern der damaligen Direction, mit Herrn M. J. Breßelau und Herrn Dr. Leo-Wolf annahm. Am 18. Oct. desselben Jahres ward das genannte Gotteshaus durch den rühmlich bekannten Prediger und meinen spätern lieben Amtsgenossen Herrn Dr. Eduard Kley zur Freude aller wahrhaft Erleuchteten in Israel feierlichst eingeweiht und am 7. November desselben Jahres hielt ich über den Text: Richter Cap. 5. V. 9. meine Antrittspredigt. Da ich bis zum Frühjahr 1819 in Dessau an der Schule engagirt war, so kehrte ich, nachdem ich in erwähntem Tempel drei Predigten gehalten hatte, nach Dessau zurück, ordnete während des Winters mehrere Familienangelegenheiten, und mit dem Passahfeste befand ich mich in meinem neuen Wirkungskreise, der meiner Neigung und den von Gott mir verliehenen Geistesgaben mehr zusagte als jeder andere Beruf gethan haben würde. Ich fühlte mich daher, so zu sagen, in meinem Elemente, und Gönner und Freunde, die ich innerhalb und außerhalb meiner Gemeinde gefunden, trugen nicht wenig dazu bei, daß ich mich in dem neuen Amte und dem neuen Vaterlande heiter und wohl fühlte, besonders da meine geistlichen Vorträge die Gemeinde ansprachen und bei Kennern und Nichtkennern beifällige Anerkennung fanden, weil das Wort aus dem Herzen zum Herzen gedrungen; zudem waren die Vorträge mit interessanten und pikanten Stellen aus Talmud und Midraschim gewürzt, die besonders denjenigen Mitgliedern in der Gemeinde, die schon seit Jahrzehnten dem Judenthum ziemlich entfremdet waren, als etwas Originelles erschienen, wodurch sie sich angeregt fühlten. Außerdem waren die Gegenstände der Predigt dem Leben entnommen und wirkten auf's Leben. Ich ward daher gar oft und vielseitig aufgefordert, die gehaltenen Predigten durch den Druck zu veröffentlichen. Die erste Sammlung unter dem Titel: „Predigten im neuen israelitischen Tempel zu Hamburg", erschien daher schon im Jahre 1820 bei Hoffmann und Campe, dem damaligen Vorstande der deutsch-israelitischen Gemeinde gewidmet. Im Jahre 1821 erschien bei demselben Verleger eine zweite Sammlung von Predigten, nebst Vorwort, meinen verehrten Eltern geweiht. Von der Gemeinde, insbesondere von dem weiblichen Theile derselben aufgefordert, erschien noch in demselben Jahre (bei M. Hahn) ein Heft Predigten unter dem Titel: „Das Familienleben", einer unserer wackersten Frauen, Mad. Sophie Warburg, geb. Bondi gewidmet.

Im Jahre 1822 machte ich eine Erholungsreise nach Kopenhagen. Daselbst gewann ich mir bald mehrere Freunde, die mich mit den Merkwürdigkeiten der Stadt und Umgegend bekannt machten. Auf den Wunsch vieler der angesehensten Männer daselbst hielt ich in dem von Herrn Nathansohn dort gestifteten, sogenannten „Erbauungslokal" am Freitag Abend eine Predigt, die dermaßen ansprach, daß Tags darauf eine Aufforderung an mich erging, in Kopenhagen eine Predigerstelle, nicht bei einem einzelnen Theile der Gemeinde, sondern bei der Synagoge anzunehmen. Ich werde später noch einmal auf diesen Gegenstand zurückkommen. Ich lernte dort den damaligen Katecheten Herrn N. Mannheimer kennen, der mehrere Jahre später als Prediger bei den Israeliten in Wien angestellt wurde, woselbst er heutigen Tages noch segensreich lehrt und wirkt.

Ich erwähne hier eines eignen Zwischenfalls, der in mir einen bleibenden Eindruck hinterließ. Im Jahre 1823 ließ der russische Gesandte und Minister in Hamburg, Herr Heinrich von Struve, bei mir anfragen, ob es mir gelegen sei, in dessen Begleitung einen Besuch von dem Baron von Bergstedt, russischem Staatsrathe (dem Schwiegersohn der Frau von Krüdener), anzunehmen. Auf die Antwort meinerseits, daß ich es mir zur Ehre rechne, beide Herren bei mir zu sehen, empfing ich ihren Besuch; der Herr Baron von Bergstedt, begann Herr von Struve, wolle über die hiesigen jüdischen Schulanstalten Auskunft haben, über deren Organisation und die Gegenstände des Unterrichts u. s. w., um nach einem solchen Muster auch für die Israeliten in Rußland Schulen zu errichten. Ich merkte bald, daß dem Besuche von Seiten des Herrn von Bergstedt noch etwas Anderes zu Grunde liegen müsse — worin ein Wink von Herrn von Struve mich auch bestärkte. „Der Herr Baron von B., begann der Minister, möchte sich gern mit Ihnen, Herr Doktor, über Religion und Ihre Ansichten über Juden- und Christenthum unterhalten." Die Unterhaltung währte zwei Stunden, und ich bewies dem Herrn v. B., daß der Jude in seiner Bibel, sowie in seinen religiösen Schriften Alles das habe und finde, was dem Menschen den Weg zeige, sittlich vollkommen und glückselig zu werden hienieden und jenseits des irdischen Lebens. — Dem gefühlvollen und wahrhaft erleuchteten Herrn v. Strube rannen während meiner Unterhaltung mit Herrn v. B. die Thränen von den Wangen und der Herr v. B. erhob sich von seinem Sitze, umarmte und küßte mich und ging befriedigt aus meiner Wohnung. Seit jenem Jahre durfte ich mich der Gewogenheit, ja der Freundschaft der Familie Strub's rühmen, in dessen Hause ich gar viele frohe Stunden verlebt habe.

Mit vieler Freude und Genugthuung erzähle ich hier noch, daß ich im Jahre 1825 einen Verein "zum Besten betagter Jungfrauen und hilfloser Wittwen" stiftete, dem ich den Namen "Schillings-Verein" gegeben, weil der wöchentliche Beitrag nicht mehr als einen Schilling betragen sollte, damit auch Unbemittelte, ja Arme daran Theil nehmen könnten und sollten. Kleines ist gar oft in der Natur und Menschenwelt die Wiege des Großen. Diese Wahrheit bestätigt sich auch bei dem oben erwähnten Verein, der jetzt eine bedeutende Zahl von Wittwen und Jungfrauen alljährlich bedenkt und sich bereits eines nicht unbedeutenden Fonds erfreut. Und wie Gutes immer Gutes erzeugt, so war es auch hier. Der Schillings-Verein wurde die Veranlassung zu ähnlichen segensreichen Stiftungen in unserer Mitte.

Im Mai 1825 ließ ich den ersten Predigtsammlungen bei demselben Verleger eine dritte folgen. Das Wort Gottes, in Predigten gekleidet, gehörte zu jener Zeit noch zu den gern vernommenen, und so wurde der Wunsch laut, daß wir, mein Amtsbruder, Herr Dr. Kley und ich, jede Woche, die am Sabbath oder Festtag gehaltene Predigt durch den Druck veröffentlichen sollen, damit das im Gotteshause vernommene Wort länger festgehalten und auch von denen, die das Gotteshaus nicht besuchen, beherzigt werde. Auch außerhalb der israelitischen Kreise und Gotteshäuser wurden die im neuen israelitischen Tempel gehaltenen Reden gern gelesen. Als ich im Jahre 1825 zum Besten der auf Hamburgs Gebiete durch Sturmfluthen verarmten Mitbürger eine Predigt: "**Lebt in unsern wohlthätigen Werken der rechte Geist?**" herausgegeben, betrug die Einnahme dieser Predigt an siebenhundert Mark. Ein menschenfreundlicher Christ in unsrer Stadt, der nicht genannt sein wollte, bezahlte Ein Exemplar der genannten Predigt mit hundert Mark Courant. — Von den von Kley und mir herausgegebenen wöchentlich gehaltenen Predigten erschienen nur, und zwar in den Jahren 1826 und 1827 anderthalb Jahrgänge unter dem Titel: "Sammlung der neuesten Predigten, gehalten im neuen israelitischen Tempel zu Hamburg, herausgegeben von Eduard Kley und G. Salomon."

Wenn ein Prediger in Israel seine Lebensgeschichte schreibt, so kann und darf er den Heimgang eines der wackersten, edelsten und verdienstreichsten Männer nicht unerwähnt lassen, dem die neuern Gotteshäuser in unsern Gemeinden gar viel zu verdanken haben. Ich rede von dem Herrn Israel Jacobson, der am 13. September 1828 die Erde verlassen, und dem der Schreiber dieser Blätter bei dem von der damaligen Tempeldirection angeordneten Trauergottesdienst eine später im Druck erschienene Predigt: "**Der fromme Israelit stirbt nicht**", über den Text: Jes. 49, 3: "**Israel, Dein rühm ich mich**" gehalten hat. — In demselben Jahre erhielt ich einen Ruf als Rabbiner und Prediger (Priester, wie man in Dänemark sagt) nach Kopenhagen mit sehr vortheilhaften Bedingungen. Aber die Tempelgemeinde und der Vorstand derselben drangen gar zu sehr in mich sie nicht zu verlassen, so daß ich nachgab und nur die eine Bedingung stellte, daß meine Frau in eine Wittwenkasse auf Kosten des Tempelinstituts eingekauft werde, was auch gern bewilligt wurde. Auf meine Empfehlung hin wurde der damals in Gießen lebende Dr. A. Wolff in Kopenhagen als Prediger und Rabbiner angestellt.

Ein Jahr später habe ich als „Denkmal der Erinnerung an Moses Mendelssohn zu dessen erster Säcularfeier im September 1829"[1]) eine kurzgefaßte Lebensgeschichte dieses unsterblichen Weisen, nebst einem systematisch geordneten Auszug aus seinen Schriften im Druck erscheinen lassen und das Werkchen dem Herrn Joseph Mendelssohn und dem Herrn David Friedländer dedizirt. Ersterer nahm dies Schriftchen mit vieler Liebe auf und versicherte mich in einem mir sehr werthen Schreiben, daß noch Niemand das Leben und Wirken seines Vaters so richtig aufgefaßt als der Schreiber dieser Blätter es gethan. Sein Brief war von einem Autograph Mendelssohn's begleitet, das von vielem Interesse für mich ist und das sich seit dieser Zeit in meinem Studirzimmer befindet. Es enthält eine von seiner Hand niedergeschriebene Notiz aus dem Hamburger Correspondenten, daß „der Oberlandrabbiner in Altona (im Juli 1779) alle diejenigen Juden in den Bann ge-

---

1) Siehe Kayserling, Leben Moses Mendelssohn's, Seite 473. Kap. 87.

than, welche die Uebersetzung der Bücher Moses, die Herrn Moses
Mendelssohn in Berlin zum Verfasser habe, lesen würden." Gott sei
gelobt, daß solche Rabbiner und solche Zeiten in unserm deutschen
Vaterlande nicht mehr existiren! — In demselben Jahre (1829)
erschienen von mir: „**Festpredigten für alle Feiertage
des Herrn**", die ich aus innerm Herzensdrange einem der
wackersten Männer widmete, einem Israeliten ohne Falsch, der
mir und Allen, die ihn kannten, unvergeßlich bleiben wird! Es
ist dies der Dr. Leo-Wolf, einer unsrer bewährtesten Aerzte, der
um jene Zeit mit seiner Familie nach Amerika übersiedelte, weil
ihm der inhumane oder intolerante Geist, der damals noch in
unserm deutschen Vaterlande vorherrschte und dem er seine Kin=
der nicht exponiren wollte, bis in die tiefste Seele zuwider war.
Der Schreiber dieser Blätter, dessen Freund und Hausarzt er
war, widmete ihm, um einigermaßen seinem Herzen zu genügen,
die erwähnten Festpredigten, nach des Verfassers Ansicht die
besten, die er veröffentlicht hat a u s dem Leben f ü r das Leben.
Lehrer und Prediger in größeren und kleineren israelitischen Ge=
meinden haben von diesen Reden — guten Gebrauch gemacht, sie
haben dieselben nämlich, als ihre eignen Geistesprodukte, öffent=
lich gehalten. Einigemale war ich zufällig gegenwärtig und habe
mich sehr ergötzt, und gar oft — ähnlich wie man von Voltaire
erzählt, dem ein junger Gelehrter eine Voltaire's Gedanken
wörtlich enthaltende Abhandlung als die seinige vorgelesen, —
stand ich von meinem Platze mich verneigend auf, wie man dies
zu thun pflegt, wenn man von alten Bekannten besucht wird.
Oefters ließ der Herr Plagiarius, wenn er von der Gemeinde
aufgefordert wurde, die gehaltene Predigt unter seinem Namen

im Druck erscheinen, worüber ich mich jedesmal, damit das Wort Gottes verbreitet werde, aus voller Seele freute.

Da diese Blätter zunächst für die Meinigen bestimmt sind, so darf ich denselben auch wohl mittheilen, was unter meinen litterarischen Arbeiten ein großes Interesse für mich hatte. Es sind dies die „kirchlich-religiösen Gesänge und Lieder" in dem im Jahre 1833 erschienenen „Allgemeines israelitisches Gesangbuch, eingeführt in dem neuen israelitischen Tempel zu Hamburg," zu welchem, aus 417 Gesängen bestehenden Liederbuche, der Schreiber dieser Blätter, theils unter seinem Namen, theils pseudonym (unter der Chiffre C. R. M.) folgende Nummern geliefert hat [1]).

Im Jahre 1835 sah ich mich wieder einmal veranlaßt, gegen einen christlichen aber judenfeindlichen Gelehrten zu Felde zu ziehen, wie dies schon 1817 gegen Rühs und Fries geschehen. Es beliebte nämlich dem Herrn Anton Theodor Hartmann, Doctor und ordentlichem Professor der Theologie zu Rostock, in einem vielgelesenen von Alexander Müller herausgegebenen „Archiv für die neueste Gesetzgebung", die Frage aufzuwerfen: „darf eine völlige Gleichstellung in staatsbürgerlichen Rechten sämmtlichen Juden schon jetzt be-

---

[1]) No. 3. 5. 8. 13. 17. 23. 27. 33. 49. 51. 53. 55. 60. 61. 75. 82. 84. 85. 86. 87. 89. 90. 93. 97. 98. 99. 101. 104. 105. 111. 113. 116. 118. 121. 122. 124. 131. 141. 142. 149. 153. 161. 162. 172. 174. 177. 178. 184. 189. 190. 193. 198. 200. 203. 205. 207. 208. 223. 229. 230. 231. 246. 255. 256. 257. 258. 259. 260. 261. 262. 263. 269. 270. 273. 287. 322. 323. 333. 334. 336. 342. 344. 347. 354. 360. 368. 386. 389. 396. 402. 403. 404. 409. 414. 416. Vergl. „Der Berg des Herrn". Kanzelvorträge u. s. w. Hamburg 1846, die Vorrede.

willigt werden?" Ich sage, es beliebte jenem Herrn Hartmann diese Frage zu verneinen. In einer in Altona bei Hammerich erschienenen Schrift: "Briefe an Hartmann" betitelt, wies ich dem gelehrten Herrn Professor seine Intoleranz und seine noch größere Unwissenheit in der hebräischen Litteratur auf's klarste und unwidersprechlichste nach. Die Schrift machte Eindruck, und die studirenden Jünglinge in Rostock erklärten dem Herrn Professor, daß sie seine Vorlesungen nicht eher wieder besuchen würden, bis er die in meiner Schrift gegen ihn erhobenen Beschuldigungen widerlegt haben würde. Der bedrohte Herr Professor machte sich an die Arbeit und nach einigen Monaten ließ er eine zweite Schrift vom Stapel laufen, betitelt: "Grundsätze des orthodoxen Judenthums, mit Bezug auf des Herrn Dr. G. Salomon's Sendschreiben. Von neuem freimüthig beleuchtet von Ant. Theod. Hartmann. Rostock 1835". O si tacuisses! Diese "freimüthige Beleuchtung" ist eine wahre Sammlung von — Giftkräutern, die der christliche Professor zusammengesucht um — sich zu rechtfertigen und — mich zu verdummen. Es wurde mir wahrlich nicht sehr schwer dem Herrn Prof. Hartmann zu antworten, und zwar in einer besondern Schrift, unter dem Titel: "Anton Theob. Hartmann's neueste Schrift; Grundsätze des orthodoxen Judenthums" mit Beziehung auf die Frage: "darf eine völlige Gleichstellung in staatsbürgerlichen Rechten sämmtlichen Juden schon jetzt bewilligt werden?" in ihrem wahren Lichte dargestellt. Zweites und letztes Sendschreiben, Altona 1835. — Diese Schrift hat nicht nur Hartmann zum Schweigen gebracht, sondern ist auch dergestalt abgefaßt, daß sie Allen, die gegen Juden und Judenthum feindselig auftreten, sei es jetzt oder später, dreist und siegend entgegen zu treten vermag. — Ich will indeß die Hoffnung hegen, daß meine Enkel in Zeiten leben werden, in welchen dergleichen christliche Angriffe nicht mehr Statt finden werden. Es wird doch endlich einmal hell werden auf Erden!

Neben den genannten zwei polemischen Schriften beschäftigte mich in demselben Jahre die Herausgabe einer Predigtsammlung unter dem Titel: „Mose, der Mann Gottes." Ein heiliges Lebensgemälde in 21 Kanzelvorträgen u. s. w. Hamburg 1835 bei Perthes und Besser." Ich mache den Leser auf die Vorrede und auf das Subscribenten-Verzeichniß aufmerksam. Das Wort Gottes war damals — also etwa vor 20 Jahren — noch kostbar und gesucht. Der Durst darnach hat seit Jahren bedeutend abgenommen. Zwei Jahre später 1837 erschien in derselben Verlagshandlung eine zweite, weit größere Sammlung unter dem Titel: „David, der Mann nach dem Herzen Gottes als Mensch, Israelit und König. Ein heiliges Lebensgemälde in 26 Kanzelvorträgen." Wenn dem Verfasser über seine eigene litterarische Arbeit ein Urtheil erlaubt ist, so halte ich diese Predigtsammlung für eine der besten, die ich publizirt habe; es werden in diesen Vorträgen das Leben und die Religion nach der Wahrheit dargestellt und wie sie sich beide durchdringen sollen, um des Menschen Heil dauerhaft zu begründen.

In demselben Jahre (1837) erschien vom Schreiber dieser Blätter eine andere litterarische Arbeit, die ihm mehr Fleiß und Schweiß gekostet, als alle seine homiletischen Productionen: „Die deutsche Volks- und Schulbibel für Israeliten"¹). Viele, viele Jahre ging ich mit der Idee um, dem deutschen Israel die heilige Schrift in der Muttersprache in die Hände zu geben. Ich danke dem Vater des Lichts und der Wahrheit noch heute (1854), daß er mir Kraft und Ausdauer verliehen, jene Idee zu realisiren. Nachdem der größte Theil des Manuscripts fertig im Pulte lag, sandte ich die gedruckte Ankündigung der „Deutschen Volks- und Schulbibel" in die Gemeinden Israels, sie mochten viel oder wenig Mitglieder zählen, und forderte insonders Rabbiner und Schullehrer auf, Unterschriften zu sammeln. Meine Erwartungen blieben nicht unbefriedigt. Ganz besonders liebreich bewies sich hierbei der rühmlichst bekannte Prediger, Herr Mannheimer in Wien, von dem die Uebersetzung des Jeremia und Jecheskel herrührt, und der auf die uneigennützigste Weise zahlreiche Unterschriften gesammelt, und auch außerdem dem Werke viele Käufer verschafft hatte. Gar freundlich und liebevoll zeigten sich bei dieser Veranlassung meine geliebten und verehrten Hamburger innerhalb und außerhalb der Tempelgemeinde. Mehrere meiner Freunde und Gönner ermunterten mich durch Wort und That, die begonnene Arbeit doch nicht liegen zu lassen. Unvergeßlich bleibt mir das Schreiben, das ich bei dieser Veranlassung von einem meiner verehrtesten Freunde erhielt, dessen Namen ich, so lange ich athme, mit Liebe und Verehrung aussprechen werde. In Wehmuth, daß er nicht mehr unter uns wandelt, nenne ich hier seinen von Hunderten mit der innigsten Hochachtung genannten Namen:

---

1) Auf's Neue aus dem massoretischen Texte übersetzt. Herausgegeben von Dr. Gotthold Salomon. Altona bei Hammerich 1837.

Salomon Heine. Nachdem ich dem Verewigten für die mir angebotene Unterstützung schriftlich gedankt hatte, schrieb er mir zur Antwort: „In Erwiederung Ihres Geehrten, mein lieber Herr Doctor! sehen Sie die Sache größer an, als sie wirklich ist; ich freue mich herzlich, daß Sie wieder ein Feld haben, wodurch Sie Alles erwärmen. Gott erhalte Sie zum Besten der Gemeinde!" u. s. w. Ich rufe bei dieser Gelegenheit mit den Worten der Alten: „Wehe, wir haben verloren, was wir nicht wiederfinden!" — Meinem Herzen zu genügen sei es mir vergönnt, hier mit Liebe den Namen eines andern Biedermannes zu erwähnen, dessen Verlust ebenfalls in unsrer Stadt und Gemeinde nicht leicht zu ersetzen ist: Herr Jacob Oppenheimer, ein Mann von Geist und Herz. Auch er zeichnete sich durch wohlthätige, menschenfreundliche Handlungen aus. In dem kalten Winter 1838 ließ ich eine schriftliche Bitte an Menschenfreunde ergehen, die mit den Worten begann: „Etwas für meine Armen!" Der Erste, der mit 100 Mark sogleich unterzeichnete, war Jacob Oppenheimer, dessen Beispiele gar Viele, Christen und Juden, folgten, so daß ich im Stande war, viele verschämte Arme zu unterstützen, Personen, die ihre Thränen nicht öffentlich zur Schau trugen und ihr Elend nur den vier Wänden und den verschwiegenen Freunden anvertrauten. — Solche Arme wurden vorzugsweise von dem Schreiber dieser Blätter, von Euerm Großvater, bei jeder Gelegenheit bedacht, und ich wünsche von Herzen, daß auch die, für welche ich diese Blätter zunächst bestimmte, dieses Beispiel nachahmen und befolgen möchten. Nur auf diese Weise wird die Wohlthätigkeit eine ächt israelitische Tugend, veredelt die Gabe und den Geber!

Wenn ich in meiner Selbstbiographie von meinen litterarischen Arbeiten spreche, so darf ich auch wohl eine Arbeit hier erwähnen, zu welcher ich nur die Veranlassung gegeben. Ich meine nämlich die englische Uebersetzung von zwölf meiner Predigten und zwar unter dem Titel: „Twelve sermons delivered in the new temple of the Israelites at Hamburgh by Dr. Gotthold Salomon; translated from the german by Anna Maria Goldsmid." London 1839. Zwei Jahre später erschien ein Abdruck dieser englischen Uebersetzung in Charleston. Es gereichte mir zur Freude, daß das Wort Gottes auch jenseits des Meeres Eingang findet, und das alte Gotteswort auch in der neuen Welt gesucht und gelesen wird; der Verheißung des Herrn entsprechend: „Es werden Tage kommen, in welchen ich einen Hunger senden werde in das Land, nicht etwa einen Hunger nach Brot, nicht einen Durst nach Wasser, sondern Hunger und Durst — zu hören das Wort unseres Gottes." (Amos 8, 11.)

Im Jahre 1840 ließ ich ein drittes „heiliges Lebensgemälde" im Druck erscheinen, unter dem Titel: „Eliah, der hochbegeisterte Prophet des Herrn, der Kämpfer für Licht und Wahrheit;" in 19 Kanzelvorträgen. Ich lebe und schreibe diese Zeilen in der Hoffnung, daß die drei Lebensgemälde (Moses, David und Eliah) für meine Enkel nicht alle Frische und Farbe verloren haben werden. In demselben Jahre erschienen in Stuttgart (bei Metzler) mehrere Festpredigten und Casualreden, die ich in Verbindung mit meinem Freunde dem K. würtemberg. Kirchenrathe und Rabbiner Dr. J. Maier publizirt habe. Im ersten Hefte des ersten Bandes befindet sich die Traurede, die ich bei der ehelichen Verbindung meiner geliebten Tochter Anna mit Herrn Z. am 17. Juni 1840 gehalten habe, und zwar über den kurzen aber inhaltreichen Text: „Gott mit Euch [1])!" Gott war mit Euch; Gott ist mit Euch; Gott wird mit Euch sein! Und ich danke meinem Vater im Himmel, daß seine Gnade diesen meinen Kindern bis zu diesem Tage (ich schreibe diese Zeilen, nachdem zwölf Jahre seit der Trauung verflossen sind) schützend beigestanden.

Das im Jahre 1841 erschienene „Gebetbuch" für die öffentliche und häusliche Andacht der Israeliten „nach dem Gebrauch des neuen israelitischen Tempels" (1841) wurde unmittelbar nach seinem Erscheinen von dem Herrn Isaac Bernays, Chacham (Rabbiner) der deutschen Gemeinde zu Hamburg, öffentlich verketzert, d. h. als ein durchaus illegales, den Grundsätzen des Judenthums widersprechendes erklärt, mit der Warnung, sich dieses Gebetbuches bei den täglichen Andachten weder privatim noch öffentlich zu bedienen. Diese „Bekanntmachung", sehr weitläufig geschrieben, wurde am 16. October 1841 an die Thüren der drei Hauptsynagogen Hamburgs affichirt. Außer den offiziellen Schritten, welche die löbl. Direction des Tempelvereins gegen diese lügenhafte, unverschämte Handlung gethan, hielt ich es für richtig, in einer eignen Broschüre: „Das neue Gebetbuch und seine Verketzerung", dem Herrn Bernays und allen litterarischen Autoritäten im Judenthum auf's Unwidersprechlichste nachzuweisen, wie das verketzerte Gebetbuch auch gegen kein Jota im Judenthum verstoße, sondern mit den Grundsätzen

---

[1]) Ruth Cap. 2. B. 4.

und Glaubenslehren Israels völlig übereinstimme ¹). Der Rabbiner Herr Dr. Z. Frankel in Dresden hat damals in der unter der Redaktion des Herrn Dr. Fürst in Leipzig erschienenen Zeitschrift: „Orient" ebenfalls sein Gutachten über das Tempelgebetbuch abgegeben. Er stimmt keineswegs der Ansicht des Herrn Bernays bei, bemüht sich aber, an dem Gebetbuche andere Ausstellungen zu finden, und zwar in einem Tone, den der Schreiber dieser Blätter sehr unpassend und verletzend fand. Ich ließ nicht lange auf mich warten und in einem „Sendschreiben an den Herrn Dr. Frankel", 1842, wies ich dem Landrabbiner in Dresden seine Unziemlichkeit und seinen Irrthum nach.

Es schien, als sollte ich in dieser Zeit gar nicht aus der Polemik herauskommen. Kaum war die Broschüre gegen Herrn Dr. Frankel ausgegeben, so trat Bruno Bauer auf mit einer Abhandlung über die um jene Zeit so viel ventilirte „Judenfrage" und zwar zuvörderst in den „Deutschen Jahrbüchern für Wissenschaft und Kunst" Jahrgang 1842. Nr. 274—284; dann aber in einer besondern Schrift über dieses Thema (in Verlag bei Otto in Braunschweig 1843). Bruno Bauer, dessen Gelehrsamkeit von einem dünkelhaften Wesen nicht frei geblieben, ist der Meinung, daß er die unzählige Mal gethane Judenfrage, — ob Juden nämlich zu emanzipiren seien? — auf eine originelle, ganz neue Art, weit kritischer und eigen-

---

1) Vergl. „Theologische Gutachten (12 an der Zahl) über das Gebetbuch nach dem Gebrauche des neuen israelitischen Tempelvereins in Hamburg. Mit einer Einleitung. Hamburg, in Commission bei B. S. Berendsohn 1842." Mit einer inhaltreichen Einleitung von Dr. M. Fränkel, im Namen der Redaktion des Tempelgebetbuchs.

thümlicher als die vielen Vorgänger beantwortet habe; dem ist
aber keineswegs so! Es sind die alten Gedanken in einer neuen
Form. Der Schreiber dieser Blätter hat in einer Schrift:
„**Bruno Bauer und seine gehaltlose Kritik über
die Judenfrage,**" (Hamburg, Perthes, Besser und Mauke
1843) Bauer's dialektische Angriffe auf's Gründlichste widerlegt.
Ich empfehle den Meinigen diese und ähnliche polemische
Schriften über dieses Thema, die ich von Zeit zu Zeit in's Pu=
blikum geschickt, bei vorkommenden Gelegenheiten einmal durch=
zulesen und sich des Verfassers dabei zu erinnern, der es stets für
seine Pflicht gehalten, für seine Brüder und Glaubensgenossen in
den Kampf zu ziehen, ohne sich von der etwaigen Autorität des
Angreifenden abschrecken zu lassen. Die Wahrheit ging ihm
über Alles!

Fünftes Kapitel.
1843—1844.

Am 18. October 1843 feierte ich mein **fünfundzwan=
zigjähriges Prediger=Jubiläum**. Es bleibt dieser
18. October für mich ein unvergeßlicher Tag, und mit frohem
Gemüthe will ich Euch, meine Lieben! diesen Tag näher zu be=
schreiben suchen. Der 18. October wird in den Hauptstädten
Deutschlands noch immer als ein Denk= und Erinnerungstag
an die im Jahre 1813 bei Leipzig geschlagene und gewonnene
Schlacht feierlich begangen. Das Volk strömt nach den Gottes=

häusern und erbaut sich an Gesang und Predigt. Für denjenigen Theil der Hamburger israelitischen Gemeinde, die den neuen israelitischen Tempel besuchen, hat jener Tag eine noch höhere Bedeutung, weil an diesem Tage, und zwar im Jahre 1818, der erste Gottesdienst in diesem Tempel stattgefunden. — Noch in demselben Jahre trat ich meine Predigerstelle bei diesem kirchlichen Institute an, und so war denn am 18. October 1843 ein Vierteljahrhundert zurückgelegt mit der Hülfe Dessen, in dessen Hand unsre Zeiten stehen. — Tempel und Prediger feierten also zugleich ihr 25jähriges Jubiläum. — Die Predigt, welche ich an diesem Tage gehalten, hatte zum Texte die Worte Psalm 118. V. 7: „Ich sterbe nicht — ich lebe und erzähle, was mir Gott gethan." Diese Predigt enthielt nun die „Betrachtung eines Wanderers", der zuvörderst auf die Umstände sieht, unter welchen er den Weg angetreten, der zweitens auf „die Segnungen" sieht, die ihm der Herr auf seinem Wege verliehn; der drittens auf die Gefährten sieht, die die Wanderschaft mit ihm angetreten, die ihn verlassen, die ihm geblieben und mit denen er dem heiligen Ziele entgegenpilgern will [1]). Als ich nach beendigtem Gottesdienste meine Wohnung betrat, fand ich nicht nur die sämmtliche Direction und Deputation des Tempelvereins, sondern auch einen großen Theil der Gemeinde in meinen Zimmern versammelt, die mir ihre Glückwünsche auf's Herzlichste darbrachten.

---

1) Die Predigt ist auf Verlangen im Druck erschienen, betitelt: „Betrachtung eines Wanderers am Ende der Laufbahn eines Viertel-Jahrhunderts" u. s. w. u. s. w.

Der damalige Präses der Direction, Herr Dr. Maimon Fränkel (der leider! zu früh von dannen geschieden ist), hielt eine innige und sinnige Anrede an mich, die ich nur, mit Thränen im Auge, mit kurzen Worten erwiedern konnte. Darauf wurde mir eine köstliche Schrift[1]) überreicht, von der Direction und Deputation unterzeichnet und außerdem mit einigen Hundert Unterschriften der Tempelgemeinde versehen, aus welcher ich Euch hier die Schlußsätze wörtlich mittheile:

„Wir fühlen uns gedrungen, hochgeehrter Herr Doctor! Ihnen dieses (was nämlich soeben in der Schrift vorhergeht) heute, am Tage Ihrer 25jährigen Amtsfeier in dankbarer Anerkennung im Namen dieses Vereins zu sagen. Aber das Wort genügt uns nicht. — Der Verein wünscht Ihnen ein sprechendes und dauerndes Zeichen seiner Anerkennung und seiner Dankbarkeit zu geben. Als ein solches Zeichen bitten wir Sie, das Werk zu betrachten, welches wir Ihnen im Namen unsers Vereins zu überreichen die Ehre haben. Wir wollen Ihnen darin nicht nur den Ausdruck unserer Verehrung darbringen, sondern auch zugleich Ihre Wirksamkeit in einem würdigen Bilde darstellen. Sie finden hier im Kleinen das Heiligthum, in welchem Sie fünfundzwanzig Jahre Segen spendeten, das Beth El, wo Sie rangen und überwanden[2]), wo Sie Vielen die Pforten zum Himmel öffneten. Möge unsre Absicht uns gelungen sein! Mögen Sie daran erkennen, daß

---

1) Siehe im Anhange.
2) 1. Mos. Kap. 32.

der Verein Ihre Verdienste freudig anerkennt, und auf der Bahn der religiösen Erhebung gern Ihrer Führung folgt."

„Der Tempel ist eröffnet und ruht auf festen Säulen, die Priester stehen segnend am Altar. Möge die Vorsehung über den Tempel und dessen Priester gnädig wachen! Mögen Sie, hochgeehrter Herr Doctor! noch lange am Altare des Herrn stehn, und wie der größte Prophet unsers Volkes bis in das späteste Alter in ungeschwächter Kraft wirken!"

Eine zweite, höchst angenehme und erfreuliche Ueberraschung folgte der ersten. Fünf hochverehrte Frauen aus der wackern Familie des von mir hochgeschätzten Herrn Commerzienrath M. H. Schwabe, deren Namen: Frau Henriette Schwabe, geb. Bodstein; Frau Rosette Gobert, geb. Schwabe; Frau Dr. Gumprecht, geb. Schwabe; Frau Johanna Goldschmidt, geb. Schwabe und Frau Bertha Hinrichsen, geb. Gumprecht ich nur mit der innigsten Verehrung ausspreche und hierher setze, überreichten mir ein prachtvolles, mit sinnigen Emblemen verziertes und sehr reich ausgestattetes Album, in welchem viele meiner verehrten Gönner und Freunde und Freundinnen, in der Nähe und Ferne, unter Israeliten und Christen treffliche Denksprüche in Versen und Prosa, in verschiedenen Sprachen eingeschrieben und mit ihrer Unterschrift versehen haben. Ich konnte wahrlich keine Worte finden, um meine Freude und meine Dankbarkeit für diese sinnige Gabe an den Tag zu legen, und noch jetzt kommen mir die Thränen in die Augen, so oft ich das köstliche Denkmal der Freundschaft anschaue und beim Durchblättern desselben bald bei der einen, bald bei der andern freundlichen Seele verweile. — Ich gebe mich der Hoffnung hin, daß sowohl der mir verehrte Tempel¹) als auch dieses Album stets in meiner Familie verbleiben und von Eltern auf Kinder und Enkel vererben wird, ein Denkmal der Liebe, die treffliche Seelen dem Familienvater, dem Freunde und dem Lehrer gewidmet haben.

Außer den genannten Festgaben der Liebe und Anhänglichkeit von Seiten der Gemeinde und der hiesigen Freunde, Schüler und Schülerinnen, hat man auch in der Ferne Eures Vaters und Großvaters liebend gedacht und dies durch Liebeszeichen zu erkennen gegeben. Kostbare Mundtassen, künstlich geschliffene Trinkgläser, Kupferstiche, Vasen, Pokale und ähnliche Geschenke, fand ich, sinnvoll geordnet in meinem Zimmer, als ich vom Gotteshause in meine Wohnung getreten. Es bedarf wohl keiner Versicherung, daß mir dieser Tag im Gedächtniß und im Herzen bleiben wird, so lange ich lebe. Es thut dem Herzen gar wohl, Anerkennung und Liebe zu finden. — Noch muß ich hier einer Gabe gedenken, mit welcher mich mein früherer Amtsbruder, Herr Doctor Eduard Kley, beehrte und erfreute. Es überschickte mir derselbe mit einem innigen und sinnigen Schreiben begleitet, das sich in meinem vorhererwähnten Album befindet und das Ihr mit Freuden lesen werdet, eine Sepher Thora²) auf Perga-

---

1) Das Geschenk nämlich, welches die israelitische Tempelgemeinde mir verehrte, war in Form eines Tempels aus Silber herrlich gearbeitet und mit den sinnigsten auf die Feier und den Tempel Bezug habenden Inschriften versehen.

2) Eine sogenannte Gesetzrolle, den Pentateuch (die fünf Bücher Mosis) enthaltend.

ment, ganz nach den Regeln geschrieben, aber ein Exemplar en miniature, etwa von der Größe einer Viertel Elle und von einem Umfange, daß man die Rolle in die Rocktasche stecken und mit auf Reisen nehmen kann, ganz entsprechend den mosaischen Lehren im 5. Buch Mos. Kap. 12. V. 20. Und wie die größeren Exemplare, die sich in der Synagoge in der heiligen Lade befinden, so war auch das erwähnte Exemplar prächtig umhüllt und mit einer silbernen „Hand" versehen, mit welcher der Vorleser Zeile für Zeile anzeigen soll, um sich im Vorlesen nicht zu irren. Diese „Hand" ist hohl und in dem hohlen Räumchen befinden sich Gebetriemen und die Paraschah an den Thürpfosten der israelitischen Häuser und Wohnungen. Kurz, es ist ein Meisterstück der hebräischen Kalligraphie und würde jeder öffentlichen Bibliothek zur Zierde gereichen. — Ich darf es hier wohl noch einmal aussprechen, daß jener Tag mir unvergeßlich bleiben wird, und verschönert ward noch durch den Abend, an welchem sich liebe, meine intimsten Freunde und Freundinnen, in meiner Wohnung einfanden (von ihnen sind zwei liebe Seelen, Herr und Frau Jacob Maas schon seit mehrern Jahren nicht mehr unter uns), um so den herrlichen Tag heitern Sinnes im geselligen Kreise zu schließen.

Ein Jahr später, 1844, am 5. September (am 21. Ellul 5604) wurde der neu erbaute israelitische Tempel feierlichst eingeweiht. Die Predigt, die ich bei dieser heiligen Gelegenheit gehalten, hatte zum Text die Worte des Propheten Haggai, Kap. 2, V. 9: „Größer wird sein die Herrlichkeit des letzten Tempels denn des ersten," so wir nämlich in demselben die geeignetste Anstalt finden 1) zur Veranschaulichung des göttlichen Schutzes; 2) zur Rettung der göttlichen Wahrheit und 3) zur Ausbildung eines göttlichen Lebens und Strebens. — Den Schluß dieser Rede will ich hierher setzen:

„Im Namen des einig einzigen Gottes weihe ich diese Stätte hier zur heiligen Wohnung des Herrn. Sein Auge stehe offen über diesem Hause Tag und Nacht, um zu hören auf die Gebete und Gesänge, so hier gen Himmel steigen. Es schütze und schirme dich vor Gefahr und Entweihung der starke Gott Jacobs, der Hüter Israels!"

„Und nächst der himmlischen Aufsicht befehle ich dich der obrigkeitlichen Obhut unsrer von Gott eingesetzten Behörde, der frommen Huld der ehrwürdigen Väter unsrer Stadt, daß dir ihr Wohlwollen, ihnen aber die Ueberzeugung werde, daß gottesfürchtige Israeliten und treuwirkende Bürger in deinen Mauern gebildet werden! — Wer arm hieherkommt, fromme Stätte! müsse reich dich verlassen; wer gebeugt hier erscheint, müsse aufgerichtet zurückkehren; wer mit kummerbeladenem Herzen dir nahet, müsse erleichtert im Innern deinen Segen empfinden; das von Zweifel beunruhigte Gemüth finde hier Glauben und Frieden; wer reuig seine Sünden hier bekennt, finde Erbarmen und Vergebung; wer um den Verlust geliebter Eltern, geliebter Kinder und andrer theurer Seelen hier seufzt und weint, in dessen Thränen spiegele sich der Himmel ab mit seiner Hoffnung und seinem Wiedersehen. — So werde jedes aufrichtige Gebet erhört und vergolten!"

„Lehre des lebendigen Gottes vielfach aufbewahrt in dieser heiligen Bundeslade — sei und bleibe, als

Israels größter Schatz auf Erden, dem Dienst der Wahrheit geweiht. So oft du hier entrollt und gelesen wirst, müsse **der Geist**, der in der Lehre wohnt, die uns Mose geboten, in das Gemüth der Hörer dringen, damit die Augen erleuchtet und die Seelen erquickt und die Herzen erfreut werden."

„Und das sei **deine Weihe**, des Hauses **Redestätte**[1]), von welcher herab die Lehre Gottes verkündet wird der Gemeinde des Herrn. Es werde an diesem Ort in der **Schrift** geforscht ohne Buchstäberei und ohne Deutelei; die **Wahrheit**, die Gottes ist, werde ohne Zagen und ohne Furcht vor menschlichem Ansehen, in ihrer Reinheit und Lauterkeit, in ihren Höhen und Tiefen hier gepredigt von allen, die diese Kanzel jetzt und einst betreten und für den Gott Israels zeugen wollen!"

„**Kunstreiches Tonwerk**, das fromme Gemüther zur Andacht stimmt und himmelwärts die Andächtigen trägt — Gefühle und Worte begleitend und verständigend — ich weihe auch dich im Namen meines Gottes zu dessen Dienst und Verherrlichung. Deine Töne und Klänge, die nur zu lange aus Unverstand und Unkunde in Zions Mauern verstummen mußten, sollen **uns** zu heiligen Psalmen begeistern, daß wir singen und preisen den Gott der Heerschaaren, der da Wohlgefallen findet an den Lobliedern seiner Menschenkinder, wie in dem dreimal Heilig der Seraphim"[2]).

„Deine Weihe, du bescheidenes Ner-thamid! bestehe darin, daß der Bedeutung deines sinnigen Namens entsprochen werde

---

[1]) Vergl. 1 Kön. 8, 6. Der entsprechendste Ausdruck für **Kanzel**.
[2]) Jes. Kap. 6. V. 3.

innerhalb und außerhalb dieses Hauses: "Immer Licht!" Beständig leuchte das Licht in unserm Heiligthume! Nie und nimmer komme in unserer Mitte der Gedanke auf, als wolle Gott, daß wir ihm mit verbundenen Augen dienen. Gott wohnt im Lichte und hat Wohlgefallen am Lichte. Und darum Ner-thamid! Immer und ewig gehe unser Bestreben dahin, daß die Wahrheit herrsche über den Wahn, der Glaube siege über den Aberglauben, und die Finsterniß schwinde vor dem Lichte!"

"Dir, geliebte Gemeinde! zum Schlusse den Gruß der Weihe! Die Weihe selbst hast Du von Deinem Gott und Herrn schon vor dreitausend Jahren empfangen, als er Dich am Sinai berief zu einem Reich von Priestern und einem heiligen Volke[1]. Bleibe es und bewähre es hier in diesem Zion. Dann werden seine Gaben Dir gespendet werden in reicher Fülle, Dir und Deinen Kindern und Kindeskindern! O walle mit ihnen noch lange, lange Jahre an Gottes Altar zur Anbetung, daß Deine Freuden an Gottes Vaterherzen geheiligt und verklärt, Deine Leiden an Gottes Vaterherzen gelindert und geheilt werden!"

So sei und bleibe dieses Haus **unsere Krone, unser Reichthum**[2]**, unser**

zum inbrünstigen Gebet, unser
zum Erforschen der Wahrheit, unser
zur Heiligung des Sinnes und Wandels,

---

[1] 2. B. Mos. 19, 6.
[2] Lied 118 in dem israelitischen Gesangbuche von Herrn Dr. E. Kley, 3. Auflage.

und euer Leben und mein Leben bilde sich hier zu einem einzigen Hallelujah, und zu diesem Hallelujah werde einst der Tod — er komme früh oder spät — das nie verklingende Amen!"

Sechstes Kapitel.
1844—1851.

Ein Ereigniß, das in der neuesten Geschichte des Judenthums Epoche machen wird, rief mich im Sommer 1844 (vom 12. bis zum 19. Juni) nach Braunschweig, wo die erste Rabbinerversammlung stattgefunden. Wenn es Euch interessiren sollte über diese Versammlung und die dort verhandelten Gegenstände, die Reform des Judenthums betreffend, Näheres zu wissen und von den religiösen Ansichten Eures Großvaters einige Kenntniß zu erlangen, so könnt Ihr dies aus den "Protokollen der ersten Rabbiner-Versammlung" erfahren, die 1844 in Braunschweig (Druck und Verlag bei F. Vieweg u. Sohn) erschienen sind. Euer Großvater hat es nicht gescheut, auch bei dieser Veranlassung die Frömmler und falschen Pharisäer durch seine Worte zu geißeln, wie Ihr z. B. S. 56 u. 57 der genannten Protokolle lesen könnt. — In einer besondern Schrift, die ich über diese erste Rabbiner-Versammlung herausgegeben, habe ich das Suum cuique ganz gewissenhaft befolgt und gerügt, was eine Rüge verdient. Ich habe diese Schrift dem Comité für die erste Rabbiner-Versammlung in Braunschweig, aus fünf sehr wackern Männern bestehend, gewidmet, und in einem trefflich verfaßten und elegant eingebundenen Folio-Schreiben — welches ich für Euch aufbewahrt ¹) — haben diese Männer mir ihren Dank abgestattet. In den Annalen des fortschreitenden Judenthums wird diese erste Rabbiner-Versammlung hoffentlich die gehörige Würdigung finden, da mit derselben der Impuls zu immer weiterschreitenden Reformen gegeben wurde, sie mögen früher oder später vorgenommen werden. — Im Jahre 1845, vom 15. bis zum 28. Juli fand die zweite Rabbiner-Versammlung in Frankfurt am Main statt, und zwar war dieselbe noch mehr besucht als die erste in Braunschweig. Es fanden sich hier auch mehrere derjenigen Rabbinen, die zu den hyper-orthodoxen gezählt werden, ein, während einige von denen, die der ersten Versammlung beigewohnt, zurückblieben; vermuthlich aus Furcht, man könne im Reformiren zu weit gehen. Es giebt in allen Glaubensbekennern ängstliche Gemüther, die da fürchten, es könnte — zu hell werden, während Euer Großvater eine solche Furcht nie gekannt hat, und stets der Meinung ist und war, daß man vom Lichte in der Natur und in der Religion nur Heil und Segen zu gewärtigen habe. Diese zweite Rabbiner-Versammlung hatte vorzüglich das praktische Leben vor Augen und ich empfehle Euch die „Protokolle und Aktenstücke der zweiten Rabbiner-Versammlung" (Frankfurt a. M., Verlag der Ullmann'schen Buchhandlung 1845) aufmerksam durchzulesen, sobald das Judenthum Euch interessirt. — Von dem dortigen „Schulrath der Real- und Volksschule" der israeliti-

---

1) S. Anhang.

schen Gemeinde brieflich aufgefordert, habe ich im Schullokale am Sabbath bei einem vollen Hause geprebigt und aus den im Anhange befindlichen Briefen vom Schulrath und „zwei jungen Israelitinnen" [1]), wie der Brief unterzeichnet ist, könnt Ihr sehen, welch einen wohlthätigen Eindruck diese Predigt auf Alt und Jung gemacht hat. Frankfurt ist mir sehr lieb und theuer geworden und mit der innigsten Liebe gedenke ich der theuren, frommen Seelen, die ich dort kennen gelernt habe. — Im Jahre 1846 war ich eine kurze Zeit in Berlin, um mich mit der Tendenz der sogenannten „Reform-Gemeinde" vertraut zu machen, in welcher ich sehr wackere und wissenschaftlich gebildete Männer kennen gelernt. Von der Gemeinde aufgefordert, predigte ich in dem Gotteshause der genannten Gemeinde. Unmittelbar nach der Predigt wurde mir von einem der Zuhörer, der leider viel zu früh von bannen gerufen wurde [2]), folgendes Gedicht zugesendet:

> Die Wolke floß in Strömen nieder,
> Doch mächt'ger rauscht Dein kräftig Wort;
> Du sprichst es muthig, fromm und bieder,
> Es reißt uns in Begeistrung fort!
>
> Wir hören nicht des Regens Rauschen,
> Der tobend an die Decke schlägt,
> Nur Deinem Wort wir sorgsam lauschen,
> Das unsre Seele tief bewegt.
>
> So kämpft mit dunklem Nebeltruge
> Das Sonnenlicht in heitrer Pracht,
> So weichet vor des Tages Fluge
> Die schwarze, heimlich-düstre Nacht.

---

1) S. Anhang.
2) Dem Herrn Buchhändler M. Simion in Berlin.

Und giebt der Himmel nicht ein Zeichen?
Seht, wie hervor die Sonne bricht!
Die Finsterniß muß endlich weichen,
Es siegt Dein Wort, es siegt das Licht!¹)

Berlin, am 23. Mai 1846.
M. S.

Im Juli desselben Jahres fand — vom 13. bis zum 24. — die dritte Rabbiner-Versammlung und zwar in Breslau statt. Es kamen gar wichtige Gegenstände zur Sprache, die in das Wesen der Religion tief eingreifen und worüber die Protokolle²) das gehörige Licht verbreiten. Daß die Versammlung in der dortigen religiösen und erleuchteten Gemeinde die freundlichste Aufnahme gefunden, darf ich aus vollem Herzen versichern, und dem Schreiber dieser Blätter werden die dort verlebten Tage unvergeßlich bleiben. Ich habe noch keine Gemeinde gefunden, in deren Mitgliedern Bildung und Herzensgüte so inniglich vereint gewesen, wie in der zu Breslau.

Die Nationalversammlung, die sich 1848 in Frankfurt a./M. constituirt hatte, gab den Impuls zu ähnlichen Versammlungen im deutschen Vaterlande, wenn auch nur en miniature. Der freiere Geist, der sich in dem genannten Jahre in vielen Ländern Europa's zu regen begann, blieb auch in unserm sonst stereotypen Hamburg nicht erfolglos. Im Jahre 1849 bildete sich eine ähnliche Versammlung in mehreren deutschen Staaten und

---

1) Während der Predigt regnete es unaufhörlich und in Strömen; am Schlusse der Predigt brach die Sonne hervor u. s. w.
S. Anhang.
2) Protokolle der dritten Versammlung deutscher Rabbinen, abgehalten zu Breslau vom 13—24. Juli 1846. Breslau bei Leuckart 1847.

Städten, und Hamburg war eine der ersten, die dem Beispiele Frankfurt's gefolgt war. Die verhandelten Gegenstände dieser „constituirenden Versammlung" findet Ihr, wenn es Euch interessiren sollte, in den damals gedruckten Protokollen[1]). Da werdet Ihr auch hier und da, bei einzelnen Gegenständen, den Namen Eures Großvaters finden, der es indeß nicht passend gefunden, sich oft hören zu lassen. Seine liebste und theuerste Rednerbühne war ihm die Kanzel und das wichtigste Thema war ihm stets, das Wort Gottes in seiner Reinheit und Klarheit zu verbreiten und zu erläutern, damit dasselbe dem Volke zum Wegweiser werde.

Die Freiheit, sowie die Liebe ist nur Eine: fängt der Geist der Freiheit sich zu regen an, so durchbringt er auch alle Verhältnisse, auch die nichtpolitischen. Er bringt auch in die Gotteshäuser und durchweht auch die Religion und die religiösen Verordnungen, besonders wenn sie veraltet, zu todten Formen und zum Buchstabendienst, d. h. im Grunde nichts anderes, als zum — Götzendienst herabgesunken sind. Auch in meiner Gemeinde kamen jetzt Anfragen und Anforderungen an mich, welche von dem freiern Geiste angeregt von mir in dem Sinne der Freiheit beantwortet und ausgeführt wurden, zumal sie nicht gegen den Geist des Judenthums stritten. So nahm ich nicht den geringsten Anstand, am 12. November 1848 einen hiesigen Arzt mit — einer Wittwe zu copuliren, ohne daß der, schon längst veraltete und auf unsere jetzigen Verhältnisse durchaus nicht zu applicirende Gebrauch der Chaliza[2]) vorhergegangen war.

---

[1]) Protokolle der constituirenden Versammlung in Hamb. 1849 u. s. w.
[2]) Vergl. 5. B. Mos. Kap. 25. V. 5—10. — Ein Gesetz, das sich lediglich auf die damalige Landeseinrichtung in Judäa oder Palästina be-

— Auf ähnliche Weise nahm ich am 4. März 1849 die Trauung bei einem Cohen mit einer von dem ersten Gatten förmlich geschiedenen Frau vor, trotzdem, daß hyperorthodoxe und zugleich intolerante Rabbiner einen solchen Akt für verpönt erklären [1]). Ebenso nahm ich am 9. Dezember 1849 eine Ehescheidung vor, die der Oberrabbiner in Altona in seinem hochmüthigen Pharisäismus als gesetzwidrig verschrieen [2]).

---

zieht, dem aber von unsern jetzigen Rabbinen (bis auf einige Ausnahmen) in ihrem mit Unwissenheit gepaarten Starrsinn eine große Wichtigkeit beigelegt wird. Ueber dieses Thema bitten wir nachzulesen: Wissenschaftl. Zeitschrift für Theologie von Dr. A. Geiger. 4. Bd. S. 61—87. — Ueber die Leviratsehe und die Ceremonie des Schuhausziehens von M. Gutmann, Distriktsrabbiner zu Redwitz.

1) Ausdrücklich sagt die heil. Schrift 3. B. Mos. Kap. 21. V. 7. 8., daß die Priester auch bei ihrer ehelichen Verbindung sehr sorgfältig zu Werke gehen sollen, „weil sie den Opferdienst verrichten, daher sie sich heilig halten sollen." Da aber seit der Zerstörung des Tempels der Opferdienst gänzlich aufgehört hat, so hat auch das Priesterthum seine Bedeutung und seinen Charakter verloren, welcher Meinung auch der Talmud ist.

2) Die Ehescheidung wurde am 9. Dezember 1849 in optima forma, d. h. hier ganz und völlig nach rabbinisch-talmudischen Anordnungen vom Schreiber dieser Zeilen vorgenommen. Trotzdem wollte der Rabbiner in Altona den Scheideakt nicht als legal anerkennen, wonach sich die Geschiedenen freilich nicht richteten. Aus Achtung gegen die ehrbare Gemeinde in Altona schwieg ich und nahm keine Notiz von der pharisäischen Arroganz, sonst würde ich ihn öffentlich aufgefordert haben, die Gründe anzugeben, weshalb er jene Ehescheidung nicht anerkennen wolle.

Siebentes Kapitel.
1851 — 1854.

Die im Jahre 1851 in London stattgefundene Industrie=
ausstellung, Exhibition, war die Veranlassung, daß ich im
Juli desselben Jahres den Entschluß faßte, eine der größten und
merkwürdigsten Hauptstädte der Welt zu sehen, zudem da eine
ehemalige Schülerin, Mad. G. L., in einem freundlichen Schrei=
ben mich eingeladen, in ihrem Hause und bei ihrer Familie zu
wohnen und zu leben, so lange es mir beliebt. Ich nahm das
freundliche Anerbieten an und befand mich in London wohl und
behaglich. Das Großartige der Stadt und der Kunstausstellung,
in deren riesenhaften Räumen tagtäglich Tausende von Menschen
aus allen Welttheilen sich bewegten, um sich an den unzähligen
Erzeugnissen der Industrie zu ergötzen und dieselben zu bewun=
dern, machte auf mich einen tiefen, unverlöschlichen Eindruck.
Die Bibliotheken, die Museen, die Bildergallerieen, die reizen=
den Umgebungen und Gärten, alles wirkte zauberisch, möchte ich
sagen, auf den Beschauer, dem für London zwei noch so scharf
sehende Augen viel zu wenig sind. Daß mich, als Prediger und
Lehrer in Israel, die „West=Londoner Synagoge" mit
ihren neuen und zweckmäßigen gottesdienstlichen Einrichtungen
sehr interessirt hat, bedarf wohl keiner weitern Versicherung, und
ich freue mich von ganzem Herzen, so oft ich daran denke, die
Bekanntschaft der Herren Marx und Loewy, der an jener Syna=
goge als Prediger fungirenden Männer gemacht und an deren

geistigen und geistlichen Vorträgen mich öfters erbaut zu haben. — Unvergeßlich bleiben mir aber auch die vielen Merkwürdigkeiten, die ich in London gesehen, wohin ich besonders rechne den Besuch der Paulskirche (St. Paul's Cathedral), die schönste und großartigste Kirche in London, 500 Fuß lang und 285 Fuß breit. Das Prächtigste des ganzen Baues ist die wunderherrliche Kuppel, die wahrhaft in dem Aether zu schwimmen scheint, denn der Säulenbau von 22 korinthischen Säulen, auf denen die Kuppel ruht, giebt dem Dome eine überraschende Schwingung. Die Orgel der Kathedrale ist eine der schönsten in England und hat nicht weniger als 2200 Pfeifen. — Ein Treppe führt zu der berühmten „Flüstergallerie", in welcher man das leiseste Flüstern in einem Umkreise von hundert Fuß hören kann, wovon ich mich selbst überzeugt habe. Von der Kuppel aus ist die Aussicht unbeschreiblich schön und großartig. — Von den fast nicht zu zählenden Merkwürdigkeiten Londons will ich meine lieben Enkel noch auf eine der interessantesten aufmerksam machen, nämlich auf den Hafen und die Docks. Der Hafen erstreckt sich von der London Bridge bis Deptford und ist an vier englische Meilen lang. Auf beiden Seiten befinden sich riesige Waarenspeicher unter und über der Erde, ein wirkliches Wunder der merkantilischen Welt. Die bedeutendsten dieser Schiff-Bassins sind: 1) St. Catharines Docks, gleich hinter dem Tower; derselbe ist groß genug, um 150 Schiffe in sich aufzunehmen. 2) Die London Docks, das Hauptbassin hat 20 englische Meilen im Umfange und kann 300 Schiffe aufnehmen. 3) West-India Docks, der nördliche für die ankommenden, der südliche für die abgehenden Schiffe. Der nördliche ist 30 Morgen groß und hat

Raum für 300 Westindienfahrer; der südliche 24 Morgen groß, für 200 Westindienfahrer. 4) East-India Docks. In diesen Docks liegen die Schiffe, die nach China und Ostindien gehen. — Doch genug davon; gehet hin und sehet! — Ich war schon so ziemlich darauf eingerichtet London zu verlassen, als ich von dem Vorstande der in Rede stehenden Synagoge eine Aufforderung erhielt, am Sabbath „Debarim" (am 12. August 1851) in dem genannten Gotteshause eine Predigt zu halten, und zwar in deutscher Sprache, eine Aufforderung, der ich mit Bereitwilligkeit nachgekommen bin [1]). Es fanden sich außer der eigentlichen Gemeinde sehr viele Zuhörer ein, die, wie ich glauben darf, das Gotteshaus nicht unbefriedigt verlassen haben. — Auch einen Herrn Ascher lernte ich dort kennen, einen Mann von mannigfachen Kenntnissen und Verfasser eines Religionsbüchleins, betitelt: „Initiations of youth, containing the principles of Judaism," der mir viele Freundlichkeiten innerhalb und außerhalb seines Hauses erwies.

Im Jahre 1853 im Spätsommer machte ich auf Anrathen meines Arztes und meiner Freunde eine Erholungsreise nach Sachsen und Oesterreich. In Dresden hielt ich mich einige Wochen auf und erneute die frühern Bekanntschaften mit lieben mir theuer gewordenen Personen. Ich wohnte bei einer vieljährigen Freundin, Madame Clara Bondi, einer Dame, deren Namen ich mit der innigsten Verehrung und Liebe ausspreche und

---

[1] Unter dem Titel: The three Elements of Israels Welfare, den Herren H. J. Montefiore, E. Mocatta und Jacob A. Henriques gewidmet, ist die Predigt im Druck erschienen.

niederschreibe. Auf's Neue erhob und erbaute ich mich an den Meisterwerken der Kunst in der dortigen Bildergallerie, die ich, so oft ich in Dresden war, mit Vorliebe besuchte, und, freilich nur als Laie, jedesmal auf's Neue bewundere und vor dem menschlichen Geiste die höchste Achtung empfinde, der Welten auf Papier und Leinwand hinzuzaubern vermag, und indem er — täuscht, zur Wahrheit leitet. — In Prag verweilte ich mehrere Tage, ergötzte mich daselbst an den großartigen Gebäuden und Umgebungen und lernte mehrere Familien und Personen daselbst kennen, denen ich mit Liebe anhänge. Mit treuer Anhänglichkeit spreche ich oder vielmehr schreibe ich hier den Namen Wessely, dessen vielfache Verdienste als akademischer Dozent und Schriftsteller die gerechte Anerkennung finden und stets finden mögen. Auch die dortige Synagoge hat sich einiger zeitgemäßer Reformen zu erfreuen, wovon ich mich bei der Gelegenheit eines Trauungsaktes durch den dortigen Rabbiner überzeugt habe. Ueberrascht, angenehm überrascht hat es mich, vor der Trauung ein Lied aus unserm Hamburger Tempelgesangbuche, welches den Schreiber dieser Blätter zum Verfasser hat, von dem Chor singen zu hören. In einer Prager Synagoge ein Lied, ein deutsches Lied aus dem Tempelgesangbuche zu hören, ist wahrlich kein kleiner Fortschritt! — Im Reisen wächst die Lust zum Reisen. Das habe ich auch diesmal bestätigt gefunden. Von Prag zog es mich nach Wien. Eine sehr gastfreundliche Aufnahme fand ich im Hause und in der wackern Familie Mannheimer, in deren Mitte ich acht sehr angenehme Tage, so lange ich in Wien blieb, verlebt habe. Fast schon mit der Abreise beschäftigt, erhielt ich eine Aufforderung von Seiten des Vorstandes der israelitischen Cultusgemeinde, daß ich am bevorstehenden Sabbath am 17. September 1853, eine Predigt halten möchte. Ich folgte der ehrenvollen Einladung und predigte bei einem vollen Hause über die hohe Bedeutung des Monats „Elul" im Judenthum. Die Predigt sprach Alt und Jung an und ich durfte mich des Beifalls der Kenner rühmen und erfreuen. Ich war kaum in der Heimath angelangt, als ich ein sehr ehrenvolles Schreiben[1]) von Seiten des Bethaus-Vorstandes und der „Vertreter der israelitischen Cultusgemeinde" zugeschickt erhielt, von einer werthvollen goldnen Tabatière begleitet. Beides, Schreiben und Geschenk, soll vom Großvater für die lieben Enkel bewahrt werden. Zu den Persönlichkeiten, deren Bekanntschaft ich mich zu erfreuen hatte, zähle ich außer der lieben Familie Mannheimer die Herren Joseph Wertheimer, Seligmann, Breyer, Szante und Wolf u. m. a. Ich kann nur mit inniger Liebe der Tage gedenken, die ich im Kreise der dortigen Männer und Frauen verlebt habe. — Gestärkt an Leib und Seele langte ich in der Heimath an und ging mit erneueter Lust und Liebe an die vielen Predigten, die an den nun folgenden hohen Festtagen gehalten werden sollten. — — Und sie wurden gehalten! Die Huld und Gnade des himmlischen Vaters stärkte und kräftigte mich. Die Neujahrspredigt über das Thema: „Nicht als Kind der Zeit — sondern als Kind der Ewigkeit feiert der Israelit das Neujahrsfest" (Text: Psalm 116. V. 9.); die Predigt am Versöhnungstage über das Thema: „Der Geist des Jom Kippurim will und soll uns die neu einzuschla-

---

1) S. Anhang.

gende Bahn nennen" (Text: Ezechiel Kap. 18. V. 31. 32.); die
Predigt am Hütten- und Erntefest: „In welchem Geiste
feiert der ächte Israelit das Fest der Hütten, so ihm daran liegt,
nicht minder als seine Väter dem Willen Gottes nachzuleben"
(Text: 5. B. Mos. Kap. 16. V. 13.); sowie endlich die Predigt
am Schlußfest: „Die drei himmlischen Saatkörner" — alle
diese Predigten waren ansprechend und erbauten die Gemeinde
wie in den frühern Jahren. Und das gereichte Eurem Großvater,
der bereits an der Pforte des siebzigsten Lebensjahres stand,
zur innigsten Freude und Stärkung! — Am 18. October, der
zur Zeit in Hamburg noch als ein Volksfest durch Gottesdienst
und Predigt gefeiert wird, der Gemeinde des neuen israelitischen
Tempels aber als der Einweihungstag ihres Gotteshauses
besonders wichtig ist, hatte meine Predigt „Vaterland und
Gotteshaus" zum Thema, ein Gegenstand, der die Anwesen-
den ansprach, belehrte und erbaute.

Dreizehn Tage später, nämlich am ersten November
1854, feierte Euer Großvater seinen siebzigsten Geburtstag,
von seinen Kindern und Enkeln, sowie von vielen Freunden und
Bekannten umgeben. An Gratulationsschreiben und Angebinden
aus der Nähe und Ferne hat es nicht gefehlt; auch die Verwal-
tung des neuen israelitischen Tempels ließ mir am frühen Morgen durch eine aus ihrer Mitte abgesandte Deputation die herz-
lichsten Glückwünsche zukommen. Auch Ihr, meine lieben, süßen
Enkelchen, waret da und brachtet mir mündlich und schriftlich
Eure Wünsche in schöne Verse eingekleidet, die Ihr wahrschein-
lich unter meinen Papieren noch finden werdet, wo ich sie als
mir werthe und theure Geschenke aufbewahrt. Den Abend dieses

Tages — bis noch über die Mitternachtsstunde hinaus — brachten wir mit mehreren Freunden und Freundinnen im Hause Eures Vaters und Onkels Moritz zu. Da wurden Gesundheiten ausgebracht, sinnvolle Reden gehalten, Gedichte beklamirt [1]), Lieder gesungen, kurz, es bleibt jener Tag für mich einer der wichtigsten und heiligsten in meinem Leben. Euer Großvater fühlt sich noch stark und kräftig und lebt seinem frommen Berufe, als Lehrer und Prediger, nach wie vor. Gott schenke mir ferner seinen Beistand, so daß ich Euch noch als wackere Jünglinge und Jungfrauen blühen und gedeihen sehe.

Am 1. November 1856. Abends 11 Uhr.

So eben haben meine Kinder und Enkelchen mich verlassen, die heute an meinem 72. Geburtstage mich mit Glückwünschen und Angebinden erfreuten. Auch der Himmel hat mich begünstigt, denn es war ein freundlicher, heller Tag. Den Vormittag brachte ich größtentheils im Gotteshause zu, den Sabbath-Gottesdienst verrichtend und eine Predigt mit anhörend. An Besuchen und Gratulationen fehlte es nicht. Und so ward es Abend und Morgen, Ein Tag in dem beginnenden — Jahre. Ich dankte und danke meinem Schöpfer, daß ich mich wohl und munter befinde, daß die heitere Laune mich nicht verlassen und daß ich Kraft in mir fühle, noch ferner zu wirken und meinem Berufe leben und demselben genügen zu können. Es sind bis jetzt **achtunddreißig** Jahre, daß ich in Hamburg lebe und

---

1) S. Anhang.

wirke und danke ich dem himmlischen Vater, daß er mir Kraft und Gelegenheit gegeben, manches gute Werk zu üben, zu fördern und zu unterstützen. Daß es mir noch ferner vergönnt sein möge, zum Segen und Heile meiner Mitmenschen beitragen zu können, das ist — mein Wunsch zu meinem heutigen Geburtstage! —

Hiermit endigen die biographischen Skizzen des Verewigten! — Eine schon seit dem Jahre 1854 allmählig herannahende Krankheit des Centralnervensystems, von welcher der Verstorbene ergriffen ward, wurde durch den Tod seiner Gattin, welcher am 13. März 1857 erfolgte, um ein Bedeutendes vermehrt, so daß das Aufgeben seiner bisherigen Wirksamkeit sehr wünschenswerth erschien. Mit „schwerem Herzen" und nach „vielen Seelenkämpfen", wie einer seiner Biographen in einem Nekrologe [1] sehr treffend sagt, entschloß er sich denn endlich, im Monat April 1857 sein Amt als Prediger und Religionslehrer niederzulegen [2]. Seine letzte, seine Abschiedspredigt [3] hielt er noch mit kräftiger Stimme am 16. April 1857 in seiner zahlreich um ihn versammelten Gemeinde, der er am Schlusse derselben noch die Worte zurief: „Bleibet treu dem Gott unsrer Väter! Bleibet treu dem Hause unsres Gottes und bewahret Eure Liebe

---

[1] In der in Hamburg erscheinenden Zeitschrift: **Das neue Hamburg, 1862. No. 104.**

[2] S. Anhang.

[3] Allgemeines Wohlwollen und Familienliebe. Die letzte Predigt am letzten Tage des Passahfestes (16: April 1857) u. s. w. Hamburg 1857.

dem, der neununddreißig Jahre an dieser heiligen Stätte im Namen unsres himmlischen Vaters zu Euch geredet hat." — Von nun an zog er sich still in den engsten Kreis seiner ihm übrig gebliebenen Familie zurück und schied nach 12tägigem ernsteren Leiden, am 17. November 1862 aus diesem Leben, umgeben von seinen Kindern und Enkeln! — Die Kunde von seinem erfolgten Tode brachte die Direction des neuen israelitischen Tempels schon am folgenden Tage ihrer Gemeinde zur Kenntniß und machte derselben öffentlich die Anzeige, daß unmittelbar nach der Beerdigung eine Gedächtnißfeier für den Hingeschiedenen im neuen israelitischen Tempel abgehalten werden solle. Auf dem Begräbnißplatze, am 20. November, wo sich zahlreiche Freunde, Verehrer und Schüler des Verewigten eingefunden, sprach sein Nachfolger im Amte, Herr Dr. Jonas, einige tiefergreifende, wohldurchdachte Worte zu seinem Andenken, und im neuen israelitischen Tempel wurde dann, unmittelbar nach der Beerdigung, eine Todtenfeier veranstaltet, bei welcher sein vieljähriger College und Amtsbruder, Herr Dr. Frankfurter, mit beredten Worten eine treffliche Gedächtnißrede[1] über das Wirken des Verstorbenen als Mensch und Prediger, sowie über den Verlust, der die Gemeinde betroffen, hielt; Gebete und Gesänge[2], der Handlung anpassend, beschlossen die

---

1) Rede bei der von der Direction d. n. isr. Tempel-Vereins veranstalteten Todtenfeier für den sel. Herrn Dr. Gotthold Salomon, am 20. November 1862, gesprochen von Dr. N. Frankfurter. Hamburg, bei Nestler und Melle.

2) Gesänge bei der dem Andenken des seligen Herrn Dr. Gotthold Salomon geweihten Todtenfeier, den 20. November 1862.

würdige Feier. Hamburger und auswärtige Blätter¹) brachten in den nächsten Tagen Nekrologe und Biographieen des Verstorbenen, und selbst in mehreren israelitischen Gemeinden des Auslandes wurden an den darauffolgenden Sabbathen Gedächtnißreden und Nachrufe von den Kanzeln herab gehalten!

---

1) Das neue Hamburg. No. 104. „Hamburger Nachrichten" und „Freischütz" und „Reform" vom 18—20. November. — National-Zeitung vom 20. November 1862. Allgemeine Judenzeitung No. 50. am 9. Dezember 1862.

Anhang.

Im Jahre 1822 regte der Verstorbene in einer am Pfingst=
feste gehaltenen Predigt die Männer der Tempelgemeinde an,
daß auch sie, gleich ihren Frauen, welche damals schon viele
humane, für die ärmere israelitische Jugend nützliche Institute
gegründet hatten, sich einmal vereinigen möchten, um Aehnliches
für die bedürftige Jugend und deren Fortkommen zu thun. Meh=
rere achtbare Männer der Gemeinde fanden sich, durch die
Worte ihres Predigers getroffen, unmittelbar nach der Predigt
zusammen und gründeten einen Verein „zur Beförderung nütz=
licher Gewerbe unter den Israeliten," der im Jahre 1823 in's
Leben trat, und dessen Wirksamkeit hauptsächlich dahin ging, daß
er Söhne von Mitgliedern einer der hiesigen jüdischen Gemein=
den zur Erlernung eines Handwerks als Lehrlinge unterbringt, wäh=
rend ihrer Lehrzeit für ihre Ausbildung und Beaufsichtigung Sorge
trägt und sie erforderlichen Falls auch anderweitig unterstützt[1].

---

[1] Statuten des Hamburgischen Vereins zur Beförderung nützlicher
Gewerbe unter den Israeliten. Hamburg. § 1.

— Der Verein besteht noch heutiges Tages und hat im Laufe der Zeit viel Segensreiches bewirkt.

Im Jahre 1837 wurde der Verstorbene bei seiner Anwesenheit in Frankfurt a. M. von der dortigen Loge „zur aufgehenden Morgenröthe" in den Bund der Freimaurer aufgenommen. Sein reger Geist, sein poetisches Gemüth und sein für alles Humane erglühendes Herz fand in dieser Vereinigung neue Nahrung, und hat er durch Wort und Schrift auch auf diesem Felde zu wirken gesucht. Seine „Stimmen aus Osten"[1]) liefern das sprechendste Zeugniß für das so eben Erwähnte.

Zu Seite 41.

Das Schreiben der Mitglieder des Tempelvereins lautete:

Hochwürdiger, Hochverehrter Herr Doctor!

Wenn der Tempelverein am Tage der Feier seines 25jährigen Bestehens mit frohem Gefühle auf die Bahn blickt, die er unter vielfachen Schwierigkeiten zurückgelegt hat, wenn er die in seinem Kreise ausgestreuten Saaten überschaut, die segensreiche Ernten verheißen, wenn er die mannigfachen Früchte betrachtet, die durch ihn zur Reife gekommen sind, wenn in ihm — bei dem

---

1) Stimmen aus Osten. Eine Sammlung Reden und Betrachtungen maurerischen Inhalts von Gotthold Salomon, Mitglied der Loge „zur aufgehenden Morgenröthe" im O. Frankfurt a. M.; Ehrenmitglied der Loge „Georg zum silbernen Einhorn" im O. Nienburg; Doctor der Philosophie u. s. w. Manuscript für Brüder. Hamburg, B. S. Berendsohn, 1845. S. 119.

tiefsten Gefühle der Gottergebenheit — das Bewußtsein lebt, unter den Zerwürfnissen der Zeit für die religiöse Erhebung mit Erfolg gestrebt zu haben, so gesteht er sich gern, daß er nur Drang und Streben und lebendigen Willen mitbrachte, daß aber sein Gedeihen noch andern günstigen Umständen und Einflüssen beizumessen ist. Wir rechnen zu den Hauptursachen des Gedeihens unsers Tempelinstituts den günstigen Umstand, daß an demselben von Anfang an begabte und für die Läuterung der religiösen Zustände begeisterte Prediger thätig waren. Von den drei Predigern, die sich um unsern Verein, und durch ihn um das gesammte Israel verdient gemacht haben, war Ihre segensreiche Wirksamkeit, Hochgeehrter Herr Doctor, die längste; ja, Sie haben fast die ganze Geschichte unsers Vereins mitgelebt und mitgemacht. Sie standen an der Wiege des Tempelvereins, und haben ihn, nach Innen und Außen pflegend, als ein treuer Führer an das zweite Stadium seiner Wirksamkeit geleitet. In freudiger Anerkennung Ihrer Verdienste um unser Institut, fühlen wir uns heute getrieben, die Radien zu concentriren, die Sie auf dieser Bahn durch ein thätiges Leben gezeichnet haben. Wir überschauen heute den vielfachen Segen, der durch Sie für die Jugend und für das reifere Alter, für Einzelne und für ganze Familien, durch die Bildung besonderer wohlthätiger Vereine, wie durch die fortwährende Förderung des gesammten Vereins durch Wort und That geschaffen worden, — und geben dem allgemeinen Gefühle nur den besondern Ausdruck, wenn wir sagen: dies sind Werke, die zu denen gehören, welche in dem Strome der Zeit nicht untergehen, die auch nach dem Heimgange des Urhebers noch segensreich fortwirken, und die ihn selbst als Schutzengel in das jenseitige Leben begleiten.

Wir fühlen u. s. w. (S. die Fortsetzung an der betreffenden Stelle.) Diese Schrift ist von 160 Mitgliedern des neuen israelitischen Tempelvereins unterzeichnet gewesen.

Zu Seite 49.

Verehrter Herr Doctor!

Mit innigem Dankgefühle haben wir Ihre zarte Aufmerksamkeit für uns ersehen und dadurch neue Anfeuerung für das Streben in unsrer guten Sache gefunden. Wenn Sie aus dem Wenigen, was wir für Sie und Ihre verehrten Herren Collegen in jenen uns unvergeßlichen Tagen zu thun im Stande waren, unsern guten Willen zu erschauen vermochten, so finden wir darin denselben Forscherblick, der auch aus jeder Seite des uns gütigst bedizirten Werkes hervorleuchtet. Sind wir gleich stolz darauf, von einem Manne wie Sie, Herr Doctor, Anerkennung und Lob zu erhalten, und unsere Namen einem Werke vorgedruckt zu sehen, das im Kampfe für die gute Sache hinaustritt in alle Welt, unsere Namen verewigt zu wissen dadurch, daß sie, wenn auch nur äußerlich, mit Werken in Verbindung gebracht sind, die zufolge ihres Inhalts und des Geistes, der aus ihnen spricht, der Ewigkeit angehören; so gehen wir dennoch in unserm Stolze nicht so weit, diesen Vorzug unserm Verdienste und nicht vielmehr Ihrer nachsichtigen und freundlichen Güte zuzuschreiben. Wir vermögen Ihnen unsern Dank nicht besser abzustatten, als durch die festeste Versicherung, in dem Streben, das Ihre Anerkennung zu erhalten gewürdigt wurde, unablässig zu beharren, wie wir nie aufhören, die tiefste Verehrung für Sie zu empfinden, da Sie Einer der Wenigen sind, die diesem Streben aller edlen Naturen deutscher Judenschaft Weg und Ziel vorgezeichnet haben.

In tiefster Verehrung und Hochachtung
Die Mitglieder des Comité für die erste Rabbiner-Versammlung.
(S. Jüdel. N. L. Nathalion. A. Marcus. J. Hilzheimer.
Dr. jur. Aronheim.)
Braunschweig am 12. März 1845.

Zu Seite 50.
Hochgeehrtester Herr!

Wenn der Schulrath der israelitischen Real- und Volksschule erst jetzt, nachdem Sie uns schon längere Zeit verlassen, die für ihn so angenehme Pflicht erfüllt, Ihnen seine Dankgefühle auszusprechen, so bittet er Sie, die Ursache nur darin zu suchen, daß er Sie nach so vielen körperlichen und geistigen Anstrengungen wieder ruhig im Schooße Ihrer Gemeinde und Ihrer Familie wissen wollte.

Wohl sind wir Ihnen, hochgeehrtester Herr, zu doppeltem Danke verpflichtet, denn einerseits gedenken wir noch mit Rührung der Bereitwilligkeit, mit der Sie unserer Bitte, im Andachtsaale zu predigen, entgegen kamen, andererseits aber wird uns der Eindruck unvergeßlich bleiben, den Ihre gehaltvollen, zum Geist und zum Herzen sprechenden Worte auf alle Diejenigen gemacht haben, die an jenem Morgen so glücklich waren, ein Plätzchen im vollgedrängten Saale zu erringen. — Ja, wir dürfen wohl behaupten, daß wir, indem wir Ihnen unsern Dank aussprechen, nur das schwache Organ des größern und bessern Theiles unsrer Gemeinde sind, was wir, abgesehen von der öffentlichen Stimme, schon daran erkennen mußten, daß auch auf den Schulrath, der ihr diesen geistigen Genuß verschaffte, ein Theil ihres Dankes zurückfiel.

Nicht nur durch Ihre herrlichen Worte, nicht nur durch die Kraft des Ausdrucks, auch nicht durch die Art und Weise Ihres Vortrags, der die Herzen der Zuhörer so gewaltig, so unwiderstehlich hinreißt, haben Sie sich diese dankende Anerkennung erworben, sondern vorzugsweise auch durch den Freimuth, mit dem Sie sich aussprachen, durch die der Zeit und dem Ort so klug angepaßte Wahl des Stoffs, durch die von allen Nebenrücksichten freie Aufdeckung so vieler Gebrechen unserer durch den Schutt der Jahrhunderte kaum mehr kennbaren Religion. An jenem Morgen fühlten wir erst recht tief, wie sehr Prediger im wahren Sinne des Wortes unserer Gemeinde Noth thun, und wären sie auch in diesem Augenblicke nur noch Prediger in der Wüste.

Nicht Jedem freilich ist die Gabe der Rede, die Macht des Ausdrucks, die Fülle der Gedanken geworden, allein, wo der gute Wille hervorleuchtet, wo statt des schielenden Blicks in eine todte Vergangenheit das Auge fest und gerade gerichtet ist auf die Bedürfnisse der Gegenwart und Zukunft, da wird der Volkslehrer seine Stelle ausfüllen, da wird er auch ohne Ihr großartiges Talent wohlthuend und glücklich auf seine Gemeinde einwirken.

Daß noch nicht gar viele Prediger und Volkslehrer von diesem guten Willen durchdrungen sind, das zeigte ja zur Genüge die letzte Rabbiner-Versammlung, die neben so vielen schönen Erinnerungen auch manche herbe und traurige zurückgelassen hat.

Aber auch in dieser Beziehung sind wir Ihnen vorzugsweise verpflichtet, da Sie durch Ihre Predigt im Andachtsaale, die gleichsam den Schlußstein zu jenen Versammlungen bildete, und die, wenn von jenen interessanten Tagen die Rede ist, wie ein Glanzpunkt hervorleuchtet, manche jener traurigen Erinnerungen verwischt haben!

Sie herzlich bittend, diese Worte als den wahren Ausdruck unserer Gesinnung zu betrachten, haben wir die Ehre hochachtungsvoll zu zeichnen:

Der Schulrath der Real= und Volksschule der israelitischen Gemeinde:

A. L. Wimpfen, Präses.   Dr. Neukirch, Aktuar.

Frankfurt a. M., den 2. Sept. 1845.

Sr. Hochwürden Herrn Dr. Salomon.

Des Menschen Geist ist so sehr empfänglich für das Edle, Erhabene und Gute, daß es nur einfacher Worte bedarf, um die schlummernden, schönen Saiten des Herzens zu bewegen. — Um wie viel mehr mußten heute Ihre seelenvollen, väterlichen Worte in die Gemüther kindlich empfindender jugendlicher Wesen bringen! —

Verzeihen Sie, hochwürdiger Herr, daß wir, dem Drange unseres Gefühles folgend, Ihnen in diesen wenigen, aber innigen Worten schwachen Dank für den uns bereiteten geistigen Genuß sagen, und nehmen Sie die Versicherung, daß Ihre edlen Bemühungen, Ihre zum Guten ermunternden, beredten Worte bessere Gefühle in unsere Herzen erweckten!

Wenn bereinst in unseren künftigen Tagen, in jener Zeit, wo das Jugendleben ernsteren Bestimmungen weicht, — wenn wir alsdann die uns umgebenden Theuern zu beglücken vermögen und im frohen Bewußtsein treu erfüllter Pflichten befriedigt sind, dann wird die Zurückerinnerung an Ihre segenbringende Erscheinung in unsern Herzen, gleich bekannten süßen Melodieen, fortleben; dann werden wir unsern Lieben sagen, was Sie uns heute so lieblich kund gethan, und wir werden im Genusse reiner Familienfreude Ihrer Verdienste, Ihrer Person mit Wonne gedenken!

Heute aber, von heiligen Gefühlen durchdrungen, steigt unsere Bitte für Ihr ewig Wohl zum Vater in den Höhen, dessen Namen glänzend zu verkünden Ihr schöner Beruf ist!

Mögen Sie, verehrter Herr, noch lange, lange wirken zum Heile unseres, unter liebenden Händen sich verjüngt erhebenden Glaubens, zum Stolze der ganzen Judenheit —, zur Ehre der Ihrigen, zur Freude, zum Vorbild derer, die Sie zu kennen das Glück haben!

Ihr Erscheinen in unserm Tempel wird ein Stern sein, der ewig leuchten wird in den Herzen anwesender Glaubensbrüder und Schwestern.

Mißbilligen Sie ihn nicht, diesen Erguß innigster Erkenntniß Ihrer wohlgemeinten Lehre — und nehmen Sie in die ferne, theure Heimath die Zuversicht mit, daß Ihr Angedenken in vielen Herzen fortleben und blühen und gesegnet sein wird! —

Gott geleite, Er beschütze Sie fortan!! —

Zwei junge Israelitinnen.

Frankfurt. September 1845.

Zu Seite 51.

Herrn Dr. Salomon, Prediger in Hamburg, Hochwürden.

Berlin, den 27. Mai 1846.

Indem Ew. Hochwürden im Begriff stehen, unsere Stadt zu verlassen, genügen wir eben so sehr unserm eigenen Bedürfnisse wie dem Wunsche unserer Kommittenten, indem wir Ihnen die Empfindungen des innigsten Dankes an den Tag legen, zu dem wir uns durch Ihre schöne, wenn auch nur kurze Wirksamkeit in unserer Mitte verpflichtet fühlen.

Die wahrhafte Erhebung, die weihevolle Erbauung und die reiche Belehrung, die für unsere Genossenschaft aus Ihren Predigten hervorgegangen sind, werden einen bleibenden Eindruck in den Gemüthern zurücklassen und die Tage Ihrer Anwesenheit stets zu Tagen freudiger Erinnerung für uns machen, und indem wir uns diesem Eindruck hingeben, werden wir vor Allem Ihres Namens mit wahrhaftiger Verehrung eingedenk bleiben.

In dem Bewußtsein einer so lebendigen und nachhaltigen Wirksamkeit mögen Sie einigen Lohn für das Opfer finden, das

Sie uns, unserm Interesse gebracht, und mögen auch Sie in der Ferne uns dieselbe Theilnahme und dieselbe Anerkennung bewahren, die Sie uns hier in so erfolgreicher Weise kundgegeben haben.

Der göttliche Segen begleite auch ferner Ihre Wirksamkeit und lasse die Frucht der Saat, die Sie ausgestreut, zu Ihrer Freude, in reicher Fülle gedeihen.

In dankbarer Hochachtung
Die Bevollmächtigten der Genossenschaft für Reform im Judenthum:

Dr. S. Stern, Vorsitzender.   Dr. J. J. Behrend, Sekretär.

Zu Seite 58.

Seiner Ehrwürden, Herrn Dr. Gotthold Salomon in Hamburg.

Es war ein in uns selbst erwachter Wunsch, als in der hiesigen Gemeinde, die zu vertreten wir die Ehre haben, vielfach das Verlangen laut wurde, während Ihrer Anwesenheit Ihr lebendiges Wort in unserm Tempel zu vernehmen, das weihevolle Wort des Mannes, den Deutschland zu seinen mächtigsten Kanzelrednern zählt, und dem fromm-begeisterten Gedankenzug eines Priesters zu folgen, der nach langer mittelalterlicher Dumpfheit voranschreitend mit Wort, Schrift und That die Weihe und das Licht —, deren jetzt so Viele theilhaftig sind, — in die Gotteshäuser brachte.

In diesem doppelten Sinne, als Redner und Vorkämpfer, haben wir Sie, ehrwürdiger Herr! begrüßt, und es gewährte uns eine freudige Befriedigung, das Organ unsrer Gemeinde zu sein, und Sie zu einem Kanzelvortrage aufzufordern.

Sie sind dem Wunsche freundlich entgegengekommen.

Wir wollen Ihrem geistgediegenen, gemüthsinnigen Vortrage nicht die Phrase vom Echo, das er in den Herzen Aller gefunden hat, entgegenstellen; dieses ist nur ein schwächerer Wiederhall, der bald ausgeschwungen hat. Ihr frommer, von edler Begeisterung getragener Sinn und Gedanke drangen gleich feurig, wie sie gesprochen wurden, ein, und werden mit denen ungeschwächt fortleben, die sie vernommen haben.

Damit aber auch Ihnen die Erinnerung an einen schönen Moment Ihres ruhmgesegneten Alters, den wir mit Ihnen in Andacht gelebt haben, nicht entschwinde, haben wir den Tag, an dem Sie in unserem Gotteshause sprachen, in eine kleine goldene Tafel graben lassen. Empfangen Sie dieselbe als ein geringes Zeichen unserer Verehrung, unseres Dankes. Möge Ihnen der Herr noch lange die grüne Jugend Ihres Gemüthes, die fruchtreiche Kraft Ihres Geistes, die gediegene Macht Ihres Wortes erhalten! —

Wien, am 26. September 1853.

Die Vertreter der israelitischen Cultus-Gemeinde:
(Joseph Wertheimer. Heinrich Sichrowsky. Joseph Biedermann. Moritz Goldschmidt).

Der Bethaus-Vorstand:
(A. Strauß. C. Landesmann. J. Brandeis. Louis Wertheimer).

Zu Seite 60.

Zur siebzigsten Geburtstagsfeier Sr. Ehrwürden, Herrn
Dr. Gotthold Salomon, Prediger u. s. w.

gewidmet von L. Stein, Rabbiner der israelitischen Gemeinde
zu Frankfurt a/M.

Held Israels, Du Mann der Wahrheit,
Wie strahlt Dein Auge noch von Klarheit,
Ein Siebziger bist Du, noch jung,
Denn Deine Kräfte wuchsen ringend,
Den Geist der Finsterniß bezwingend, —
Wie lohnt Dich reich Erinnerung! —

Du tratst, ein Jüngling, in den Tempel
Auf Deiner Stirn des Ew'gen Stempel,
Und Gottes Namen sprachst Du aus:
Da sank das Volk anbetend nieder,
Und hob sich neu geweihet wieder,
Und heil'gen Sinn's ward voll das Haus! —

Dein Mund, wie ist sein Wort mir theuer!
Berührt ein Engel mit dem Feuer
Genommen vom Altar des Herrn,
Da, von des Preb'gers Donnerworten,
Erzitterten die Tempelpforten!
Weit scholl's hinaus — es lauscht die Fern'! —

„All, die Ihr hört, und nicht verstehet,
Und Augen habet und nicht sehet,
Verleitet an der Thorheit Seil;
Ihr, die in Formendienst verloren,
Ihr, die statt Gott die Welt erkoren —
Wacht auf! daß wiederkehr' das Heil! —"

So ward Dein mahnend Wort vernommen,
Drob zürnt der Wahn der scheinbar Frommen,

Doch Gottes Freunde hörten's froh!
Du hast geheiligt seinen Namen,
Denn auch die nicht aus Jacobs Samen,
Sie priesen unsern S a l o m o.

Bald singst Du sanft zu D a v i d 's Harfe,
Dann E l i a h u 's Schwert, das scharfe,
Schwingst Du ob dem, der Gott nicht glaubt,
Weilst mild in A b r a h a m 's Cabane —
Dann zeigst mit M o s e s Du dem Wahne
Des Geistes siegend Strahlenhaupt.

Vom B e r g d e s H e r r n schallt Deine Rede,
Und Allem schwöret sie Urfehde,
Was Gottes reines Wort getrübt:
Dazwischen tönt ein mild Versöhnen,
Das Herz wird weich, es rinnen Thränen
Dem inn'gen Wort, von Dir geübt.

So komm' ich heut als Dankesbringer,
Denn Lehrer lehrst Du Deine Jünger
Zu sein erbauend selbst erbaut:
Du weidest uns auf sanften Triften,
Du leitest zu den heil'gen Schriften
Dein Volk, anstimmend deutschen Laut.

Vom Geist genährt der alten Zeiten
Warst Du berufen, treu zu scheiden
Die dunkle Nacht vom Tage hell,
Trugst schöpfend aus dem Talmudmeere
Die Wolk' empor, daß sich verkläre
Die salz'ge Fluth zum süßen Quell.

Wenn aber Glaubensfeind' aufstanden
Und ihre Wurfgeschosse sandten
Auf unsre Burg hartmänniglich:
Da zieltest Du mit Deinem Blitze,
Sie wurden irr' am eignen Witze,
Denn tief traf sie des Deinen Stich.

So bist Du kühn vorangezogen
Und führen lehrtest Du den Bogen
Die Söhne Juda's als ein Held;
Wie Moses treu, Dessau's Geborner,
Warst Du auch einst zum Streit Erkorner,
Auf unserm heil'gen Glaubensfeld. —

Ruh nun vom Kampf, Gott krön' Dein Alter,
Sei Deines stillen Glücks Erhalter,
Und segne Deines Hauses Quell!
Kein Schmerz soll Deinen Frohsinn mindern
Und Kinder schau von edlen Kindern,
Und Frieden über Israel!

Und auch die Schüler heißen Kinder,
So freu der Jünger Dich nicht minder,
Die wirken fort in Deinem Geist;
Und Gott beschirme und behüte
Zu Deinem Glück des Tempels Blüthe,
Die dankbar Deine Pflege preist.

So freu' des Tags, den Gott gegeben,
Dich mit den Lieben, deren Leben
Das Deine schmück' noch lange Zeit!
Die führen treu zu Recht und Wahrheit,
Sie strahlen gleich des Himmels Klarheit
Und wie die Stern' in Ewigkeit. —

Zu Seite 61.

Bei der Entlassung des Verstorbenen aus seiner bisherigen Stellung als Prediger, Religionslehrer und Mitglied der Cultus-Commission des neuen israelitischen Tempel-Vereins erhielt derselbe folgendes Schreiben:

Hochzuverehrender Herr Doctor!

Wir, die Mitglieder der Cultus-Commission des Tempels, sprechen bei Ihrem Scheiden von dem, fast 39 Jahre lang von Ihnen bekleideten Amte, die Gefühle der Liebe und Verehrung für Sie aus, und bitten Sie, die Versicherung derselben freundlich entgegenzunehmen.

Die Gründe ehrend, die Sie bestimmten, Ihre Entlassung zu fordern, müssen wir wohl die schmerzliche Wehmuth besiegen, die wir darüber empfinden, daß Sie dieselbe forderten. Wir suchen vielmehr den Gedanken festzuhalten, daß die Muße, die Sie suchten, für Sie eine wohlthuende, durch reiche und ehrenvolle Erinnerungen beglückende sein wird.

Wie Sie durch die Kraft und die Gluth Ihres Wortes mehr denn ein Menschenalter hindurch in Ihrer Gemeinde lehrten und für Gott und Göttliches begeisterten, — das lebt unvergessen und unvergeßlich in den Herzen dieser Gemeinde. Und diese Worte, welche wir aus Ihrem Munde vernahmen, sie wurden, durch die Schrift verbreitet, in Familien und Gotteshäusern Israels, eine Quelle der Erbauung, der Heiligung, der Erneuerung des religiösen Sinnes und Lebens!

O in wie vielen Herzen haben Sie sich ein Denkmal dankbarer Liebe gegründet! Wir aber fühlen uns gedrungen, auch der herzinnigen Gebete, der frommen Lieder heute Erwähnung zu thun, die aus Ihrem Herzen, von Ihrer Hand sich in unserm Gebet- und Gesangbuche finden, — und an denen Tausend von frommen Seelen betend, dankend, Trost findend, sich zum Herrn der Heerschaaren erhoben haben und erheben werden.

So möge der Gott unsrer Väter, in dessen Dienst Sie treulich standen, und der so gnadenvoll sich Ihnen erwies bis heute, auch ferner mit Ihnen sein, und die Liebe der Ihrigen und die Ihrer Gemeinde und die Verehrung aller Trefflichen in Israel alle Tage Ihres Lebens beglücken!

Für uns erbitten wir von Ihnen die Fortdauer Ihrer Liebe und daß Sie Ihren weisen Rath uns nicht entziehen, wo wir dessen zum Heile unseres Gotteshauses bedürfen, für dessen Verherrlichung Sie Ihre Gebete mit den unsrigen vereinigen wollen.

Wir zeichnen mit inniger Verehrung für Sie, hochzuverehrender Herr Doctor!

Die Mitglieder der Cultus-Commission des neuen israelitischen Tempel-Vereins.

(B. A. Simon. Dr. N. Frankfurter, d. Z. Präses der C. C. Eduard Kley. Dr. M. Wolffson. M. Isler. Dr. Leopold Reiß.)

Hamburg den 12. April 1857.